KB037213

묵은지에 대한 묵상

# 묵은지에 대한 묵상

**1판 1쇄 발행** 2023년 9월 25일

**지은이** 연규민
**펴낸이** 우좌명
**펴낸곳** 출판회사 유리창
**출판등록** 제2011-000075호(2011.3.16)
**주소** 10858 경기도 파주시 탄현면 새오리로 427번길 38-28
**전화** 031-942-9277
**팩스** 0505-925-1621
**이메일** yurichangpub@gmail.com

© 2023 연규민

ISBN 978-89-97918-30-0 03810

• 책값은 뒤표지에 표시되어 있습니다.

# 묵은지에 대한 묵상

연규민 시집

유리창

# 차례

## 제1부_ 주름잎

제2부_ 인동

제4부_ 땅콩조림

해설

잡풀 시학의 흥미로운 진전

제1부

주름잎

# 고광(孤光)나무

만수계곡 끝자락에
초여름을 알리는 흰 꽃이 피었습니다.

멀리 외딴집 불빛 같은 그 꽃
우리 누이 웃을 때 보이던 하얀 이 같습니다.

흰 꽃잎 하나 계곡물에 떨어져 흘러갑니다.
고운 누이 멀리멀리 시집갑니다.

# 주름잎

삶에 주름진 일도 없는데
웬 주름잎이람
새악시 고운 귓불 같은 꽃 자태는 어디 두고
주름도 없는 잎을 따다
억지 주름잎이라니 참 말도 아니지

밭갈이로 피곤에 절은 농군에게
슬몃 꽃미소를 보내는 님은
죽음을 앞둔 예수의 발에 향유를 붓고
머릿결로 쓸어주던 마리아였을까
금식 수행으로 앙상한 몰골만 남은 싯다르타를
품에 안고 타락죽을 떠먹이던 수자타였을까

꽃잎 쪽문을 열고 들어서면
털방석 깔린 방 둥근 아치 천정엔 초롱불
님이 꽃등불을 켜면 옥양(沃壤)
작은 몸속에 이리 화려한 신방을 꾸미다니
님은 하늘의 딸

이른 봄부터 늦가을까지 꽃피우는 한결같음

한 뼘을 넘게 고개를 들지 않는 겸손함

꽃이 져도 기는 줄기로 땅마름을 막아주는 자비로움

수술보다 암술을 위에 두는 행함이 있는 의로움

살아가는데 필요한 만큼만 뿌리를 벋는 검소한 수행자의
모범

사철 곱게 웃어 주름질 일도 없는데

어느 못난 인간이 주름잎이라 불렀을까

# 는쟁이

너무 괄시하고 미워하지 마세요
이래 봬도 하늘의 선물을 가지고 온 칙사랍니다
어르신들에게
가볍고 튼튼한 지팡이가 되어
청려장이라고 불렸던 걸 생각해 보시어요
백발을 늘어뜨리고 흰 도포 자락 휘날리며
이 산에서 저 산으로 구름 타고 다니시는
도를 달통한 신선의 주장자가 저라는 걸 생각해 보시어요
저는 하늘의 맛을
세상에 알려주는 귀한 나물로도
찾아왔다는 걸 알아주시어요
고기와 생선을 부드럽고 깔끔하게 조리한 듯
입속에서 녹아나는 그 맛은
천국의 기쁨을 미리 맛보는 거랍니다
바다 건너 사람들은 제 잎 모양을 보고
거위발(goosefoot)이라 앙증맞게 부른다니까요
저를 잡초라 멸시하고 미워하시면
일할 때마다 금방 지치고 힘들어져요
하늘의 선물 전하는 천사로 맞이해 봐요

일하는 기쁨이 배가 된답니다
그러니 저를 그리 박대하지 마시어요

# 가래나무 두 그루

봄이 오려는 길목
버드나무 물오른 가지 밑에 원앙 한 쌍이 미끄러지듯 헤엄
치고
아리따운 여인은 연밥을 따고 젊은 사내는 노래를 부른다

사내는 주인에게 연인을 빼앗기고 호수에 몸을 던진다
주인은 젊은 여인과 누대에 올라 봄을 즐기려하나
여인도 물속으로 뛰어 들어가 버리네

심술이 난 주인은
사내와 여인을 합장하지 않고 서로 바라보게 하였지
사람들이 안타까워 무덤 사이에 가래나무 두 그루 심었
다네
가래나무 뿌리는 땅속에서 서로 얽히고설켜 못다 한 사랑
을 나누고
가지는 서로 만나 얼굴을 부빈다네

봄이 오면 호수에 연꽃을 심고
연밥 따는 여인과 노래하는 사내를 불러야지

상사나무 아래 원앙 한 쌍 갈숲으로 미끄러져 간다[1]

---

1) 가래나무 고사는 진(晉)나라 간보(干寶)의 《수신기(搜神記)》에서

# 아직은 때가 아니라고

젊은 나는 멋진 어부를 꿈꾸다
드디어 어부왕(漁夫王)을 만났다네
하반신 마비 어부왕의 극진한 환대 속에
단짠쓴신감지[2] 맛난 요리를 맛보았다네

그때 붉은 피가 묻은 은창을 지닌 소년이
아름다운 촛대를 들고 지나갔다네
매혹적인 여인도 코르누피아[3]를 들고 왔다네
나는 황홀한 풍경과 진귀한 음식에 홀려
내가 무엇을 도와야 할지
나에게 왜 이런 환대를 하는지 물어보지 못하였다네
아, 날이 새고 아침이 되면 물어야지
지금은 아니라고
아직은 때가 아니라고
미루기만 하였다네

드디어 아침이 밝았지만

---

2) 달고 짜고 쓰고 시고 감칠맛과 지방맛.
3) 신성한 술잔, 예수가 최후의 만찬에 쓴 잔, 성배(聖杯).

소년도 사라지고

여인도 기다리지 않고 아무도 남아 있지 않았다네

어부왕은 여전히 하반신 마비일 뿐


책임을 물어야 할 때 침묵한다면

무엇을 도와야 할지 묻지 않는다면

어부왕은 여전히 하반신 마비일 뿐

세상은 여전히 병든 세상

우물쭈물 페르스발은 죽음의 시대를 살아야 한다네

# 가시박

만질수록 따갑고 가렵다
떼어낼수록 잔가시가 번져 간다

머릿속에도
가슴속에도
발등과 발꿈치에도 손끝에도
멀쩡한 곳이 한 군데도 없다

보는 대로 닥치는 대로
잘라내고 뽑아버려도
뒤돌아서면 한 뼘씩 자라 있고
한동안 잊고 지내면 온통 담장을 덮어버린다

서리가 내려 온갖 풀들이 사그라들어도
한 뼘 작은 줄기를 내어 씨앗을 맺는
실연의 아픔

# 털별꽃아재비

들깨밭에 들깨인 듯
모사(模寫)쟁이
먹지도 못하는 개쑥갓
쑥갓 흉내로 꽃피우기까지 살아남듯
들깨와 나란히 들깨인 척하고 있다

무논에 강피 밀밭에 독보리 가라지처럼
뿌리째 뽑아 버리고 싶어도
눈곱만한 별꽃 달기 전에는
영락없는 들깨라

어깨 뽕에
팔꿈치를 밖으로 크게 휘젓고
다리는 쩍 벌려서
몸집을 부풀려 깡패를 의태(擬態)하는 인간도 있는데
두메고추나물이란 고상한 별호를 가진 털보 별꽃 아저씨가
들깨 좀 흉내 내면 어떠리

세상 만물 제 살 방도 하나씩은 있는 법

열두 가지 재주에 저녁거리도 없는 인사가
들깨 흉내 하나로 살아남아 꽃 피워보려는
쓰레기꽃이란 이름조차 마다 않는 그댈 탓하랴

# 도씨삼형제

땅콩만 한 게 손등에 달라붙어
움직일 때마다 따끔거리게 하는 넌
도꼬마리
왜놈일까
양놈일까

어느 틈에 옷소매며
바짓단에 달라붙어 떨어지지도 않는 넌
도깨비바늘
지퍼일까
찍찍이일까

예쁘장해서 멋모르고 만지면
온통 잔가시를 묻혀놓는 넌
도둑놈의갈고리
사랑의 기쁨일까
실연의 아픔일까

밭고랑 도씨삼형제를 뽑으며

내 마음의 삼독형제도 함께 뽑으며 중얼거린다
세상 미운 게 도둑놈이라지만
너희를 보고 지퍼도 만들고 찍찍이도 만들고
마음 수행도 하니
가만 보면 너희들도 이쁜 구석이 있긴 있구나

# 너는 너의 길을 가고

너는 너의 길을 가라
나는 나의 길을 가리라

밭고랑 풀 뽑을 때마다
신경 쓰이는 너를 원망하고 미워하지만
따지고 보면
너는 그리 태어나 그렇게 살고
나는 농사짓고 살아가니
풀을 뽑을 뿐이다

세상 미운 짓만 하는 게 어디 있으랴
마디마다 뿌리를 내려 기어가며 번져가고
참깨 줄기 휘감고
땅 위에 바짝 엎드려 예초기 칼날 피하고
그도 안 되면 예초기 날을 휘감아 멈춰버리는
미운 너이지만

퇴비로 너만 한 게 없고
쇠꼴로도 너만 한 게 없으며

땅마름을 막고 토사유출을 막는데도 너만 한 게 없으니
세상 미움도 사랑도 한 가지에서 나오느니
너는 바랭이의 삶을 살고
나는 사람의 인생을 살아가면 그만인 것을

# 터주깨

나는 참깨의 아류가 아니다
염부나무 무성한
수미산 남쪽 바다 한 가운데
남섬부주에서 터 잡고 살아온 터주 깨이다

어쩌자고
이 땅에서 더 오래 살아온 나를 들깨라 하고
뒤늦게 이사 온 세사미를 참깨라 부르지

꿈에 나를 만나면 부자가 되고
나를 못살게 들들 볶으면
아이를 낳고 나서 얼굴에 부스럼이 나는 걸
진정 몰랐단 말인가

나와 목화를 함께 심지 못한다는 말은
학문의 길에서 세상 욕심과 동행하지 못한다는 말
나를 어찌 그리 업신여겨 부를 수 있지

어쩌자고

참깨 들깨 노는데 아주까리는 못 오나니
아낙들은 베를 짜며 노래한단 말인가

나는 참깨보다 이 땅에서 먼저 향그런 기름을 내던
남섬부주 한국 땅 주인 깨이니
들깨가 아니라 터주깨라고 부르라

# 그대가 정말 제비콩

사실 제비는 그리 예쁜 새가 아니에요
농작물에 해 끼치는 벌레를 잡아주니 예쁘다 했을 거예요
그런데 제비콩은 참 예뻐요
보라색 꽃과 콩깍지는 보기만 해도 황홀해서 넋을 빼지요
덩굴을 널리 펴고 있는 모습이나
나무를 온통 휘감고 덮어버린 모습은 장관이지요

제비콩을 은유로 무엇에 비길만한 게 없어요
오직 당신만이 제비콩에 비견할 수 있어요
남들 다 꽃피워 열매 맺을 때
그세야 활짝 꽃피운 것도 닮았고
늦은 나이에 비로소 아름다움을 뽐내는 것도 그렇습니다
제 피붙이만 사랑하는 게 아니라 주변을 온통 사랑하고
많은 사람에게 사랑받는 모습도 어쩜 그리 닮았는지요

팍신하면서도 알싸한 맛은 어떻구요
이제 한살이 마친 매실나무를 휘감고 올라서
한 번 더 빛나게 해 줄 때는
당신의 가치가 더 빛나게 보여요

제비처럼 예쁜 것 탐하지 않고 소탈하게 살아온 늦살이
인생
제비가 부지런히 논밭의 벌레를 잡아다
농사도 하고 새끼도 키우듯
젊은 시절 남들에게 자리를 내어 주고
주변 사람 뒷수발로 제 몸 하나 가꾸지 못하다
세상이 한살이 다 마치면
그제야 활짝 피어나 온 세상 덮어버리는
그대가 정말 제비콩
그대야말로 제비콩꽃

# 비름나물

밭에 풀이 전쟁터 같다. 무찔러도 무찔러도 끝없이 달려드
는 인해전술. 원자폭탄 같은 제초제라도 투하할까 고민하다,
이건 아니다 싶어 예초기를 돌린다.

키가 작아 개비름, 털이 뽀얘 털비름, 빨간 줄기에 다소곳
하니 참비름, 그 어찌 무찌르기만 할 잡초랴. 데치고 무치면
그 사람 좋아하는 비름나물.

마음 밭에도 잡생각 전쟁터 같다. 내몰아도 내몰아도 끊임
없이 달려드는 파리 모기떼. 강력한 살충제라도 한 방 뿌려버
릴까 바라보다, 그래도 이건 아니다 싶어 파리채 들고. 명상!

예쁜 여자는 고름과 구더기와 콧물과 가래와 같다. 근사
한 권력과 일자리는 꿈이다, 암투다, 배신이다, 골머리다. 존
경과 인기는 구름이다, 자살이다, 감옥이다. 술과 담배는 건
강과 맞교환이다. 두통과 거북과 속쓰림과 동행이다. 그래도
비름나물은 그리움이다, 손맛이다.

때로는 사랑이다, 살맛이다.

# 나는 울금입니다

생강도 아니고
토란도 아니고
강황도 아니고
울금입니다

양반집 큰 도령 같은 토란의 풍모도
날카로운 새침데기 아가씨 생강의 뾰족함도
봄날 나들이 차림의 강황 마님의 화사함도 없지만
늦가을 수줍게 너른 잎 안쪽에 숨겨
순결한 백색의 꽃 한 송이 피워낸
나는 울금입니다

어떤 이는 나를 강황이라 부르지만
강황은 황색생강(黃色生薑),
생강의 항렬 따르는 인도에서 건너온 카레 집안
인도 중국 오키나와를 떠돌며 살아왔지만
나는 황제의 밥상에만 오르는 귀족 출신
이를 알고나 계시는가요

또 어떤 이는 나를 막걸리로 만들어 놓고는
맵고 써서 못 마시겠다고 타박하지만
황실의 건강을 책임지던 내 역할
생각이나 해보고 투덜대시는가

그대들의 속 깊이 들어앉은 답답한 울(鬱)
속 시원히 풀어주는 귀한 금(金),
나는 울금입니다

# 혼의 소리

머나먼 타국 땅
두 줄로 타서 담아온 해금 음반
낯설고 물설어 설운 가락

가가강 가앙 강강 가아아앙
물결치며 나아간다
고향의 강 춤추며 오른다

아앙 앙 아아앙 아아아앙
숨소리 바람소리 물소리 잠재우고
마음자리 적셔 운다

이이잉 이잉 잉 이이이잉
바다 건너 먼 길 지나
하늘로 오르는 혼의 소리

# 미스트

얼굴 촉촉하게
화장수 뿌리듯 그리하란 말이여

아이 목욕시키고 칙칙이 뿌려주듯
정성스레 뿌려주란 말이지

마른 식빵 보들보들하게
전자레인지에 넣을 때
접시에 깔 주방 수건 적시듯 하란 말씀여

하늘에서 보면 안개
땅에서 보면 구름 모양으로
상토 속 씨앗 마르지 않고 날아가지 않게
농사용 물뿌리개
미스트 하란 말여요

# 백운사 가는 길

고시 공부하는 선배를 만나러
30여 리 길
땡볕을 이고 걸었다
두 번의 스물이 더 지나
승용차로 포장길을 오른다
백마저수지에
대나무 낚시를 던지던 어르신은 어디 가고
청둥오리 한 떼 무자맥질 한창이다
농사가 전부이던 그 시절 풍경 대신
체험마을 카페 도서관 나무깔개 걷기길
휘게와 로하스 같은 행복한 말로 가득하다
호수 한 가운데
왕버들의 자태는 여전한데
폐사지가 되어가는 을씨년스러운 백운사
예쁜 모습 단장하고
스무 살 청년 기다릴 날 언제나 다시 올까

# 월세는 얼마예요

딱딱딱 딱딱딱
그만 일어나세요
식사하셔야죠

딱딱딱 딱딱딱
그 댁 우편함에 세 들어 살려는데
월세는 얼마예요

딱딱딱 딱딱딱
우리 곤줄박이 식구가 시끄러워 월세를 못 주신다고요
수다쟁이 직박구리네는 잘도 주시면서
너무하신 거 아니에요

딱딱딱 딱다닥따 딱딱딱 딱다닥따
달포만 살고 나갈 거예요
알 나서 보름 새끼 쳐서 스무하루면 충분해요
그동안은 열매 안 먹고 벌레 잡아먹으니까
시끄럽게 안 할게요
평생 해로 배달하는 걸로

월세는 대신할게요

딱딱딱 딱딱딱
그만 일어나
월세부터 받으세요
선입금입니다

# 신혼살림

흰쌀과 완두콩이
돌솥집에 신혼살림을 차렸다

흰쌀이 윤기 흐르게 화장한 날 저녁
완두콩은 포르스름하게 분장하고
방아 찧는 토끼춤을 춘다

이웃집 가지도 놀러 와 양념 버무리 춤을 추고
아랫집 감자는 도마 위에 올라
몸뚱이 채 써는 마술을 하고
텃밭에서 마실 나온 비듬나물과 알타리와 깻순은
빙 둘러 구경을 한다

하얀 쌀밥이 터질 듯 볼웃음 짓는다
포르스름한 완두콩이 입맞춤하니
커다란 주걱이 막을 내린다

# 목인동에서


구절초 흐드러지고
들깨송이 툭툭 터지던 날
문향이 흩날리는 목인동은 꽃마을

목인동 가을밭은
개미취와 아스타와 뜨거운 입술 같은 꽃을 피워내기 위해
해산의 아픔을 치르고
아픔 뒤에 꽃들의 첫울음에 기뻐
푸른 하늘에 뭉게구름 돛단배 미소처럼 띄우고

지친 사람 고달픈 사람 아픈 사람
다 불러 모아
쉬게 하고 위로하고 치유하는
목인동은 현빈(玄牝)의 문(門)

오래도록 자란 나무
하늘길 열어 뭇 생명 아우르니

목인동은 꽃 궁궐 어머니의 포궁(胞宮)[4]

# 선사초(善士草)

창 열면 보이는 뜰에 구절초 심어
달 밝은 밤 뽀얀 얼굴 바라보며
늦가을 공허한 가슴을 채우는데
자식 낳아 준 유세로 여인이 꽃차를 만들겠다며
똑똑 따 버리니 참으로 야속도 하다

엿기름과 삭혀서 청을 만들고
잘 말리고 덖어서 꽃차로 마시고
효소를 담가 식솔들 건강 챙기겠다는
구실 차마 어쩌지 못하고
달밤에 바라볼 몇 포기만은 남겨두려나
애타는 마음 어찌 아셨는가
날이 새면 또 화단을 가득 채워 주니
마르지 않는 모유정(母乳井)이라

무릉도원의 효심 깊은 신선이
어머니에게 약초로 달여 드렸다 하여
선모초(仙母草)라 일렀으나
책 읽는 가난한 선비의 눈에도 효험 있으니

선사초(善士草)라고도 불러주오

오월 단오에 다섯 마디
구월 중양(重陽)에 아홉 마디 자라서
선녀탕에 목욕재계하고
정한 약재로 다시 사는 구절초
이 선비도 정갈하게 수행하여 구절 신선 될까 하오

제2부

인동

# 인동

긴 겨울을 푸릇하게 견디어 낸
통영(通靈)의 꽃에게
기도를 한다

순백으로 피어서
사랑을 나누고
황금빛 되어 찬란한 금은화에게
기도를 한다

인간의 모든 질병을 치료하는
치유의 꽃에게
나는 기도를 한다

내 슬픔을 돌아보시고
내 아픔을 씻으시고
내 사랑이 다시 피어나서
순백으로 꽃을 피우다
황금빛으로 저물어 가라고

# 갈참나무

저 건너 산에 갈참나무 한 그루
겨울이 다 가도록
갈잎 떨구지 못하고 있다

여기 구들방 지고 누워
육십갑자 다 채우고도
지난 미련 떨쳐내지 못하고

상처가 소중해서 싸매는 게 아니라
낫기 위해 싸맨다는 걸 모르고
지난 생채기만 붙들고 있다[5]

몸도 맘도 습(習)을 들이기 나름
금강불괴(金剛不壞)의 영육으로 다시 나서

---

5) 참나무 6형제(상수리, 신갈, 떡갈, 갈참, 굴참, 졸참) 중에 늦겨울까지 가랑잎을 달고 있는 놈이 갈참나무입니다. 인생 후반전도 한참이 지났는데 과거에 얽매여 있는 모습이 답답합니다. 생각으로는 빨리 떨쳐내고 새로운 삶을 힘차게 살아야 한다고 알고 있지만 몸은 옛날 상처에 길이 들어 주기적으로 치를 떨고 새 일을 못하게 합니다. 운동이나 연주가 많은 연습과 훈련으로 완성되는 것처럼 우리 몸과 생각도 연습과 훈련으로 다듬어지고 만들어지고 완성되나 봅니다.

꽃이 져야 열매를 맺듯

갈잎 떨구고 새잎 새순 돋게 하자꾸나

# 살생부

억울함을 당하고 사업이 무너지고 옥에 갇히면
이웃은 셋으로 나뉜다
나를 믿어주는 이웃, 남은 생 함께 갈 이웃
슬그머니 외면하는 이웃, 굳이 마음 줄 필요 없는 이웃
나를 비난하는 이웃, 결코 함께해선 안 될 이웃
이 셋에도 끼지 못하는 이웃, 내가 무너지는 데 가담한 이웃,
살생부에 올려야 할 이웃

부처님은 제자를 양육하실 때 셋으로 나누신다
부드럽게 훈육해도 잘 알아듣고 따르는 제자
엄격하게 가르치고 훈계해야 비로소 따르는 제자
때로는 엄격하게 때로는 부드럽게 다루어야 길이 드는 제자
이 셋에도 끼지 못하는 제자, 그래도 따라오지 않고 길들
지 않는 제자
살생부에 올려야 하는 제자

세 가지 방법으로 길들이는데도
알아먹지 못하고 따라오지도 못하고 길들지 못한다면
그와 더불어 말하지 않으시고 가르치지도 않으시고

잘못을 훈계하지도 않으셨다
이렇게 확실하게 사살하셨다


독화살 날리고 두 번째 화살로 확인사살하려는
내 살생부는 세월이 흘러도 여전히 유효하다
그들은 나를 무너뜨릴 때 이미 첫 화살을 맞았다
내가 깨달음으로 큰나무로 굳건하면
그들은 두 번째 화살도 맞는 것이다[6]

---

6) 첫 화살과 두 번째 화살 이야기는 《잡아함경》 17권 470경 전경(箭經)에 나오는
이야기를 빌린 것입니다. 감각으로 괴로움을 느끼는 걸 첫 화살을 맞은 것이라 하
고 집착 때문에 그걸 마음으로도 고통으로 느끼는 걸 두 번째 화살을 맞은 것이라
합니다. 부처님도 길들여지지 않는 제자를 죽인다고 하는 이야기는 말을 잘 조련
하는 촌장과 나눈 이야기로 《잡아함경》 32권 909경 조마경(調馬經)에 나오는 이야
기입니다.

# 거기까지

증오와 분노로 치 떨려 잠 못 이루던 밤
시퍼런 비수로 난도질을 해도 분이 풀리지 않을 것 같은 밤
문득 유도 경기 심판이 "그쳐"를 외친다.
다시 또 이리저리 앙갚음이 검색화면처럼
끝없이 펼쳐지자
심판이 선언한다.
"거기까지"

무던히도 속을 썩이던 직원 하나
해고통지를 수없이 반복하느라 밤새 뒤척일 때
정신없이 바쁠 때 불러놓고
쓸데기없는 소리로 뚜껑 열리게 하던 사람 하나
작살을 내서 고개도 못 쳐들게 하자고 밤새 궁리할 때
심판이 선언한다.
"거기까지"

답도 없는 고민으로 생각이 돌고 돌 때는
"그쳐"
같은 얘기 또 하고 또 할 때도

"거기까지"

해도 그만 안 해도 그만인 일로 잠 못 이룰 때도

"거기까지"


내가 할 수 있는 일을 다 했으면

대답은 당신이 하는 것

일의 결과는 하늘이 내는 것

내 일과 고민은

"거기까지"[7]


---

7) 두려움에 몸부림치는 분들을 위해 쓴 편지 가운데 마지막 편지에 삽입한 글입니다. 유대교 경전 《미드라쉬》에 나오는 페르시아 왕의 일화를 인용해 랜터 윌슨 스미스가 쓴 시 〈이것 또한 지나가리라〉에 보태서 보낸 글입니다.

# 질마재를 넘으면

재너미에 옛사랑이 기다리고 있을까
무릉리와 도원리에 가면
노자 선생을 뵙고 도를 논하고
장자 선생을 만나면 꿈을 이야기해볼까
화양동과 선유동에선
암서재에 들러 우암 어르신께 조선 중화사상을 여쭤볼까
송면까지 가서 현좌 어르신께 무신란 때 꿈꾸었던 세상
이야기도 들어볼까

재너미에 대동사회가 열렸을까
반전과 평화의 길
아래로부터 정치적 의견수렴을 이루는 상동정치
절장(節葬)과 절용(節用)으로 노동시간을 줄여주고
환경도 크게 훼손하지 않으며
세상에 남이란 없는 천하무인(天下無人)의 복지사회
정수리가 닳아서 발뒤꿈치에 이를 때까지 애쓰셨던
묵자의 안생생(安生生) 사회가 열렸을까

질마를 지고 육십 고개를 넘는다

땀에 전 저고리가 소나기에 한 번 더 젖는다
신화 같은 이야기도 전설 같은 영화도 없이
병든 몸뚱이 생각도 멈추고 넘는다
황소도 아닌 암소도 아닌 일소가 되어 넘는다
다향 그윽한 운곡은 그저 아득하다

육십 고개 넘어
지초 가득한 골짜기에 다다르면
누구라 초가 오막살이에 함께 살까
안생생 대동사회는 아니어도
조선 중화세상은 아니어도
질마 위에 무거운 짐을 가득 져도 무겁지 않은
그런 세상 그런 사랑이 재너미[8]에 아직 있을까

---

8) 청안면 질마재를 넘으면 운곡리가 있습니다. 이어지는 청천면에는 무릉리, 도원리, 지촌리, 화양동, 선유동 등 고전에 등장하는 지명이 많습니다. 화양동엔 우암 송시열의 유적이 남아 있고, 송면은 이인좌(현좌)의 난(무신란)이 시작된 곳입니다.

52

# 고구마는 구워야 제맛이다

고구마는 구워야 제맛이다
밥에 찌거나 물 붓고 삶은 것보다야
불에 구운 고구마가 입에 감긴다

남자도 구워야 제맛이다
어설피 글줄 좀 읽거나 펜대나 굴리다 온 사내보다야
빡세게 불구뎅이 같은 일터에서 잔뼈 굵은 사내가 속짚은
맛이 난다

여자도 구워야 단맛이 더하다
힘든 일 안 해 본 듯 여린 척 귀한 척하는 지집보다야
제 할 일 똑 부러지게 하고 부당함에 불같이 화내는 지집
이 외려 속정이 달달하다

사람이나 고구마는 구울 때 싸줘야 촉촉하다
타지 않을 만큼 노릇해지면 뒤집어 주고
수분을 촉촉하게 머금도록 싸주고 덮어줘야 달큰하다

# 만항재 연가

저녁노을 전쟁터 폭격 장면처럼 붉게 번질 때
함박꽃나무 그늘 아래 차를 마시는 그대
하얀 꽃향기 여울처럼 흐르네
곁에 있어도 그림자처럼
눈빛은 먼 하늘에 닿았구나

고갯마루 하늘로 오르는 천상의 화원
그리움의 연서를 쓰다 말고
언제쯤 나를 한번 보아줄까 노을은 타드는데
온통 내 영혼을 재가 되도록 태우는 사람

기어이 천상으로 난 화원을 따라 떠날 줄 알았지만
그대의 눈길 한 번만으로도 내 마음은 가득 차올랐네
그대 한 번만이라도 날 받아들이겠다 말해주길
나와 함께 타들어가 재가 되겠다고 말해주길
빌고 또 빌었네

하늘로 오르는 그리움과 애처로움을
수마노탑처럼 쌓아 올리는 고개

만항재 아름다운 골짜기
만항재 함박꽃 사랑만 남은 숲길
두문동을 향한 망향의 동산
내 사랑이 떠나간 길

# 오늘도 숙면은 글렀다

코골이와 잠꼬대가 심해진 탓에 잠을 설쳐
막노동판에서 졸다 사고 낼 뻔한 날
그 핑계로 이불을 따로 덮고 자다
잠꼬대에 놀라 또 잠에서 깨어
물끄러미 잠자는 집사람의 얼굴을 본다

한 번 안아주고 입맞춤을 할까
그러다 잠 깰까 괜스레 미안해 그저 바라보니
여전히 여인의 모습은
귓불에도
입술에도
콧등에도 남아 있지만
눈 밑에 거뭇한 그림자는
오십 년 수심을 덮어주고
깨알 같은 사연들은
바람 같은 사내 덕에 얼마나 노심초사하며 살았는지
소설 같이 촘촘하다

늙은 노동자는

낮에는 몸뚱이로
밤에는 근심과 후회와 안쓰러운 잡념이
얼기미 같은 머릿속으로 수시로 드나들며
밤낮 없는 노동에 고달프다

오 끝없는 몸과 생각의 해탈이여
오늘도 숙면은 글렀다
이 밤도 해탈을 꿈꾸며 이불을 뒤집어쓴다

# 잘 가라 아픈 오십

잘 가라 아픈 오십

돌발성 난청
노안
오십견
이유 없이 흐르는 땀
마디마디 저려오는 관절의 절규들

갱년기 삼십고(三十苦)여 잘 가라

에스트로겐 테스토스테론
발음조차 꼬이는 호르몬들이여
굳이 우리를 구원하라는 기도는 올리지 않으리

이제 스무 살처럼 몸으로 부닥치고
이른 새벽 밭에 나가 밀려오는 풀들과 전쟁놀이도 하고
주방을 쥐방구리 삼아 예쁜 요리도 하고
우울한 날에는 훌쩍 바닷바람도 쐬러 가고
비 오는 날에는 창 넓은 찻집에도 찾아가리라

높은 산에는 못 가도
오름직한 동산에서 이른 봄 산동백 꽃피우는 소리도 듣고
냇둑을 거닐며 버드나무 우듬지
붉은빛이 연둣빛으로 변하는 신비에 탄성도 지르고
혹여 내 마음을 앗아가는 이 있거들랑
나만의 방식으로 한껏 흠모하며 살리라

잘 가라 아픈 오십
어서 오시라 스무 살의 육십이여

# 꽃무릇

세상은 온통 신록으로 푸르러 가는데
홀로 슬픈 추억을 안고 스러지는
오월 죽음의 꽃

무성한 바랭이 한풀 꺾인 틈새
한가위 청량한 기운 안고
찬연하게 천지사방 꽃대 올리는
붉은 제국의 꽃

화려한 왕관 열흘 붉어 스러지고
열매조차 맺을 수 없는 한스러움
독기 가득한 지옥의 꽃
가을가재무릇

지옥조차 가둘 수 없는 그리움
동지섣달에도 푸르게 살아
송백(松柏)과 절개를 겨루는
참사랑의 꽃 석산(石蒜)

# 인생의 쓴맛

사랑의 맛을 알려면
라일락 잎을 씹어보라 했지요
한식조리시험 보기 좋게 낙방하고 마시는
소주는 라일락 잎보다 몇 곱은 쓰겁고 떫더이다

마음은 열두 번도 더 삼팔선을 뛰어 넘나들 것 같은데
기억력과 손끝의 감각은
돌아서면 처음 본 듯하고
고운 채는 넙데데합니다

그런다고 예서 말 수는 없는 일
두세 배 더
상전이(相轉移, phase transition)가 이루어질 때까지
연습하고 외워야겠지요

익모초 쓴맛이 외려 입맛을 돋우듯
인생의 쓴맛이 살맛을 돋울 터이니

# 봄은 오는 게 아니다

어떤 이는 이 시대를 성씨조차 뒤집혔다 하고
또 다른 이는 유흥가 보석에 저당 잡힌 시대라 한다

어떤 이는 봄이 찾아온다고 하고
또 다른 이는 기어코 봄은 오는 것이라 하지만
결코 봄은 오는 게 아니고
결단코 봄은 저절로 오는 게 아니다       —

어떤 이는 꽃이 피니 봄이라 하고
또 어떤 이는 햇살 따뜻하니 봄이라 하지만
아니다 결코 결단코 아니다
내 마음에 찬바람 불고
얼음장인데 어찌 봄이란 말이냐

봄은 찾아오는 것이라며
뒷짐 지고 헛기침하는 양반놀이가 아니다
치열하게 외치고 가열차게 쳐부수고 징치하고
바위굴 속에 차갑고 뒤집힌 이 시대를 봉인할 때

비로소 마음속 얼음장 풀리고 훈풍 불고
봄은 되찾아지는 것이다.

# 바람처럼

나를 사랑하는 사람도 소중하지만
이제는 내가 사랑하는 사람을 찾아서
나의 길 떠나는 내 이름은 바람

마음 아파도 지난날은 잊으리
옛 맹세는 백사장 심장 그림처럼 밀물과 썰물로 지우리
하늘에 올린 온밤 기도조차도 미련 두지 않으리
여태 가보지 않은 새로운 길을 태풍처럼 가보리

계획된 인생은 이제 그만 떠나리
하늘이 정해 준 운명도 이제는 벗어나리
일가친척 고향 땅도 뒤로 하리
사고무친 맨손으로 폭우 속에 가보리

소중하다 여겨온 지난 사랑도
따스했던 이부자리와 밥상도 더는 기억하지 않으며
내가 꿈꾸는 삶 속으로 휘몰아쳐 보리

바람처럼

# 낡은 기계 사용법

쓰고 난 물건을
제자리에 두지 않으면
밥 대신 애만 먹는답니다

때가 있는 일을
제 때에 못하면
소득은 못 올리고 핏대만 올립니다

천천히 가야 할 때
미리 속도를 줄이지 못하면
특별 상여금 말고 범칙금 고지서를 받는답니다

때때로 찾아오는 정신없음
속상해서 또 일머리 헛갈리면
애먹고 핀잔먹고 딱짓돈 먹으니
그저 낡은 기계
쉬어가며 고쳐가며 살살 써야지 어쩝니까

# 상사화

사무치게 그리운 이가 있습니다
내 영혼 깊은 곳까지 물들여놓고 가버린
사람이 있습니다

만날 수도
들을 수도
만져볼 수도 없습니다

미치도록 그리워
그 흔적을 찾아 공세리 성당에 왔습니다
비아 돌로로사
십자가 길을 따라 걷습니다
핏자국 따라 걷습니다

상사화 한 무더기
간밤의 폭우에 쓰러져 흐느끼고 있습니다
내 마음에 폭포가 생겨났습니다

# 탑평리 막국수


초가을 햇살 따갑던 날
탑평리 막국수집
솔향 은은히 배인 고기 한 점
메밀면을 싸서 입에 넣으니
앞자리 늙은 아내가 양귀비다

메밀 막국수 한 젓가락 입에 넣고
내 인생이 문득 궁금하다
막국수 인생일까
냉면 인생일까

양식 떨어진 날 갓 나온 메밀 막 찧어
동치미 국물에 말아 먹었을 산골 아이
배고픈 시절 기억 때문일까
메밀 속살만 곱게 갈아
쇠고기와 배 한 첨씩 넣고 고명까지 올린
조선면옥 냉면의 고급스러움보다
더 입에 착 달라붙는 탑평리 메밀막국수의 당당함에
목이 메인 탓일까

그도 아니면
메밀은 하나도 섞이지 않은 교동분식 쫄면 마냥
그저 맵고 질기게 살아야 했던 모진 세월
그 시간이 만든 삐딱함일까

강물에 비친 가을 하늘 참 고약스럽게 예쁘다
막국수를 먹고 난 다음에 보니

# 베고니아 붉은 꽃잎

보강천 미루나무 숲 베고니아 꽃밭
해 저물고 별빛 다정하게 산책 나오면
나도 따라 별빛 마중한다

백곡선생처럼 꽃밭 옆에 벤치를 놓고 글을 읽을까
아리따운 아가씨처럼 그리운 사람에게
손글씨 엽서를 써볼까

미륵댕이 신심 깊은 곳에 왔으니
크고 큰 서원을 올려야겠다
지장보살 흉내라도 내보자

역병으로 고통당하는 이들이 없고 가난으로 굶주리는 이
웃이 없고 외로움에 떠는 노인이 없으며 일자리가 없어 고달
픈 젊은이가 없을 때까지 성불하지 않으리

별빛 차가운 저녁 바람에
베고니아 붉은 꽃잎이

무뎌진 양심에 단간목과 금골희와 부열을 물들인다[9]

9) 단간목과 금골희와 부열은 《묵자》 '소염'편에 나오는 인의를 좋아하고 순박하고
법도를 공경하는 선비들입니다.

# 용천사 꽃무릇길

긴 무더위와 장마가 끝나고
하늘 높고 푸르던 날
용천사로 꽃무릇을 뵈러 간 날
갓길에도 붉은빛
골짜기에도 붉은빛
호숫가에도 붉은빛
당나라 군사에게 쫓기던 백제 군사의 상흔일까
마지막 빨치산의 피울음일까
고된 땀방울 피같이 흘렀던 누이의 가시 찔린 손등일까
이 땅 오랜 피울음 되살아
붉은 꽃으로 피었나니
위로의 잔을 올려라
치유의 기도를 올려라
사죄와 해원의 춤을 올려라
물속까지 붉게 물들인
천년의 상처는
이제 천수관음의 손을 잡고
정병 속 치유의 샘물로 씻어버리고
저녁노을로 천상에 오르시라

# 곰배령

점봉산 곰배령은
곰취막걸리 한잔을 내어주고
박달나무 제단에서 물안개 피워 올린다
사도세자와 동문수학하시던 전나무 영감은
정조대왕이 개혁을 완수하지 못해서 안타깝다 하시고
고려 왕조 저물녘에 태어나신 신갈 어르신은 동기동창 정
도전이
참 아까운 인재라고 못내 아쉬워하시는데
세 차례 굽이지어 떨어지는 전설보다 더 전설이신 폭포수
장군님
우렁찬 함성에 적막이 더 한다
물박달 허물 벗듯
세속의 아픔과 후회를 벗고
구절초 깨끗한 꽃잎으로 내 마음 피어나서
청량한 세상 마저 살게 하소서
절로 기도 올린다

# 파종

종이 그릇에 담긴 빵을 먹고
빈 그릇에 상토를 채우고
먹고 난 배 씨와 사과 씨를 묻었다

사과와 배가 외로울까
돼지오이를 먹고 씨발라
한 옆에 묻었다

손가락 열 개 다 꼽고 나니
돼지오이만 얼굴을 내밀고 인사한다

겨우내 평안하셨어요

배 씨와 사과 씨는 여전히 고민 중인가

이 정도 깊이면 한 뼘만 자라도 쓰러질 테니
더 기다려야 한다고
아니면 땅을 뚫고 나갈 몸집을 만들어야 한다고

# 둘이었으면

이른 아침 화장실에서
두루마리 화장지가 떨어져
어기적어기적 거기 수술한 듯한 걸음으로
화장지를 찾으러 나설 때

겨울 지난 밭
활대 위에 덮어둔 너른 비닐을 접느라
밭 한 가운데 쭈우욱 펴놓고
한쪽 끝을 잡고 반 접고
다시 나머지 끝을 잡아끌어 접고
그렇게 삐뚤삐뚤 비닐 뭉치를 접을 때

날갯죽지 욱신거려
근육통 풀어주는 로션이라도 바르고 문지를라치면
팔꿈치를 다른 손으로 밀어야 간신히 닿을 때

혼자서 밥 차리기 싫어
큰 국대접에 밥을 담아 국과 김치와
밑반찬까지 한꺼번에 넣어서

욱여넣듯 밥을 먹을 때

돌장승이라도 좋으니 둘이었으면 좋겠더라는 것

제3부
업경대

# 기천불종합상사

우리 가게는 마음을 팝니다
손님들이 남기고 간 소주는 고운 빛깔
향그런 과일주로 키핑해서 되돌려 드립니다
가슴 훈훈해지는 영화를 보고 제목은 잊었지만
소주 키핑만은 기억에 남습니다

커피는 사람들에게 욕망을 팔고
호텔은 연인들에게 분위기를 판다는데
나는 앞으로 무엇을 팔아야 할지 고민입니다

아이들은 꿈을 먹고 산다니 잠을 팔아야 할까요?
행여 사랑을 먹고 자란다면 회초리를 팔아야 하나요?
그냥 밥도 못 먹어 배곯는 사람도 많다는데
쌀이라도 모아보게 보리심을 팔까요?

이참에 잠도 분위기 좋은 방에서 평안히 자고
    회초리 맞아가며 어려운 이웃에게 보시하라는 성현의 말
씀도 배우고
    화려한 장식과 넓은 창문이 있는 방에서 차를 마시고

과일주로 소주 키핑도 해주는 식당이 딸린
종합상사 기천불 하나 차려볼까요?[10]

---

10) 손님이 남기고 간 소주는 과일주를 담가서 손님들이 편하게 떠먹을 수 있도록 한 식당 이야기를 보았습니다. 남들이 성공한 걸 보면 나도 할 것 같지만 막상 하루아침에 이룰 수 있는 건 없습니다. 이리저리 흉내 내다 보면 기천불종합상사가 돼 버립니다. 기천불은 기독교 천주교 불교의 머리글자로 군대처럼 합숙하는 곳에서 떡을 나눠주는 종교집회에 신앙과 상관없이 세 종교 모두 참석하는 사람들을 그렇게 부릅니다.

# 쇠전거리 해장국


내 위장의 고향
뱃속도 맘속도 편안해지는 미향(味鄕)

상갓집 노름판에서 왔을까
밤새 생선 손질을 하다 왔을까
화물 상차를 마친 택배 노동자일까
새벽잠 없는 새마을 운동가일까

어디 먼 나라로 떠나려다
마지막으로
저 국물 한 사발 먹고 싶어서일까

서릿발 창창한 새벽
헛헛한 속을 달래는 모향당(母鄕堂)
남주동 쇠전거리 해장국

# 업경대

죽어서 염라대왕 심판대 거울 앞에 서면
평생 쌓은 업이 비친다는데
내 지금 죽어 그 거울 앞에 서면
무슨 업이 비칠까?

지금도 살면서 매일 같이 비춰볼 수 있는
업경대 하나 있으면 좋겠다
그날그날 악업을 지었으면
그날이 가기 전에 참회하고
선업을 지어 악업을 씻으며 살았으면 좋겠다

컴퓨터 칩을 머리에 심은 다음 신경세포와 교신하면
기억과 판단과 상상까지 기록되고
어느 때 스캔되어 화면에 나타나는
현대판 업경대도 머잖아 나오게 되리라

내 뇌를 스캔해서 화면에 띄워도
내 잠재의식이나 무의식까지 화면에 표시돼도

전혀 거리낌 없을 때까지
그렇게 수행하며 살 수 있으면 얼마나 좋을까

# 옥수수밭의 정사

아항아항 황금방패 우리 낭군
아항아항 우리 노래이 각시장님

오르그랄 드신 듯이 아우아우
힘내그랄 드신 듯이 아우아우

아흑아흑 부부유별 어디 있소
아흑아흑 우리 각시 올라오소

세지그랄 드시었소 아학아학
날새그랄 드시었소 아학아학

오우오우 노린내가 지독하다 놀리지만
오우오우 당신 향기 애니멀릭 명품향수

아들 딸램 쑥쑥 낳아 아아으아
이 밭 저 밭 다 채워요 아아으아

한낮 옥수수밭은 노린재 전국 카니발
인구절벽 인간세상에선 꿈도 못 꾸는
노동과 출산의 동시성
아아으아 아아으아 아아으아

# 언어유희

걷기와 뛰기의 차이점을 아시나요?
한쪽 발이 항상 땅에 닿아 있어야 걷는 것이고
한쪽 발이 땅에 닿은 후 항상 두 발이 공중에 떠 있어야
뛰는 것이라고요.
빨리 걷기와 달리기가 뭔 차이예요?

때리는 것과 미는 것의 차이점을 아시나요?
부딪치는 순간에 힘이 강하게 전달되는 것이 때리는 것이고
부딪치기 전이나 후에 같은 힘이 들어가는 것이 밀치는 것
이라고요.
빠르게 밀치는 것과 때리는 것이 뭔 차이예요?

갈대와 억새가 어떻게 다른지 아세요?
갈대는 키가 크고 물가에 살며 꽃이 누렇고
억새는 키가 작고 산에 주로 살고 꽃이 흰색이라고요.
그럼 물억새는 갈대 사촌인가요?

다보탑과 석가탑이 어떻게 다르냐고요?
십 원짜리에 나오면 다보탑이고

수수하고 남성적이면 석가탑이라고요.
차라리 기차바퀴가 쇠바퀴인지 고무바퀴인지 물어보세요.

인식 있는 과실과 미필적 고의가 어떻게 다른지 아세요?
위험을 알고도 설마하고 쏘면 미필적 고의,
위험할 수도 있지만 난 절대 아니라고 생각하면 인식 있는
과실이 된다고요.
그게 말장난이지 뭐예요.

국민연금과 직역연금이 뭐가 다르냐고요?
쥐꼬리만큼 주면 국민연금이고
봉급만큼 주면 직역연금이라고요.
하후상박 노후보장 모두 언어의 유희라고요.

# 감꽃

감꽃을 보았느냐고 물었더니
곶감처럼 생긴 촌놈 하나가
감꽃 뚝뚝 떨어진 초여름
실에 꿰어 목걸이를 만들었다고 대답한다.

촌놈 아닌 척 삐돌이감 같은 중늙은이가
감도 꽃이 피느냐고
감꽃이 실제 있느냐고 의아한 눈빛을 짓는다.

막노동판에서 고물업자로 변신해
돈푼깨나 만지며 산다는 대봉시 만한 어깨가
어미 없는 새끼가 변기통에 많기는 하다더라 하고 무지른다.

감꽃처럼 소리 없이 제 할 일 하며 사는 사람들은
사람대접도 제대로 못 받는다며
충청도 사람 여지없는

땡감 같은 영감이 한마디 한다.[11]

---

11) 감자꽃 시인 권태응의 고향 충주에 들렀다가 갑자기 그의 시 〈땅감나무〉가 생각났습니다. 예전엔 토마토를 땅감이라 불렀습니다. 토마토도 감처럼 보였으니 저는 여기서 만나는 사람도 감처럼 보였습니다.

# 장국죽

신새벽 헛헛한 속 달래시라
달보드레한 죽 한 사발
나라님께 올리었다

불린 멥쌀 한 줌 면보에 싸서 으깨고
홍두깨살 곱게 다지고
백화고 한 송이 가늘게 채쳐서
간장양념에 버무려 볶다가
넉넉하게 물 잡아 센 불에서 한소끔 끓인 후
약불로 푹 퍼지게 호화시켜
눈물 같은 국간장으로 간을 맞춰 올리었다

전생이 소주방 무수리인지라
육십갑자 한 수레 돌아드는 나이에도
천마나님 감기몸살 개취에 쑥 소리 난다고
장국죽 끓여 올린다

이 죽 장국죽 아내 먹여 살릴 죽

이 밥 눈칫밥 내가 먹고 힘낼 밥
전생 무수리 장국타령 읊조린다

# 광반사 재채기

왜 하늘을 보면
재채기를 하는가

눈물샘 흘러 흘러
비강(鼻腔)나루에 이르러
수륙양용 재채기선을 타고
초속 마하 3.0의 속도보다 빠르게
그대에게 날아간다

깨달음의 한 말씀
햇살처럼 동공에 쏟아지면
입과 손가락에 로켓엔진을 달아
그대에게 전하고 싶다

햇빛 쏟아지는 가을 오후
하늘호수를 보다
재채기와 눈물이 나는 이유다

# 봄술(2)

봄버들 우듬지 같은 연둣빛 술잔에
홍매 한 송이 띄워
산수유 같은 벗에게 건네는
머루주 한 잔

냉이전 한 젓가락
벗의 입에 넣어주고
지칭개 국물 한 수저에
입안이 환하다

연분홍 치마 살짝 걷어 올린 여인이
매끄러운 술잔 휘감고 춘앵무로 눈짓하니
그대의 발그레한 입술
또 한 잔

진달래 화전
한쪽 집어주는 주름진 늙은 벗
봄술은 벗의 마음을 안주로 마셔야 제맛이다.

# 저이가 누구신가

푸석해진 얼굴에 모처럼 화장품을 바른다.
말간 보습제 몇 방울 손에 떨구고
고루 펴서 얼굴에 두드리듯 바르고 거울을 본다.
낯선 얼굴이 나를 보고 있다.

잘 생긴 머슴애가 우물에 비친 제 모습을 보던
그 얼굴은 어디 가고
근심 가득한 초로의 얼굴이 나를 바라본다.

거칠어지고 늘어지고
탄력 잃어 금 간 얼굴
화장품만 바른대서야
깎아놓은 밤톨 같던 옛날 얼굴로 돌아갈까?

부처님 서른두 가지 상호는 못 닮아도
달과 같은 얼굴을 하라는 그 말씀은 닮아야지.
달처럼 수줍고 부드럽고 교만하지 않고
겸손한 얼굴을 닮아야지.

내가 잘 돼도 기쁘고 다른 이가 잘 돼도 즐거운
그래서 늘상 환한 얼굴 닮아야지.
그래서 차오르는 보름달 되어야지.

# 안경잡이로 산다는 것은

열일곱이 저물던 어느 날
칠판 글씨가 안 보여 맞춘 뿔테안경은 불편함이었다.
축구할 땐 안경을 벗어들고 머리받기를 했다.
어떤 날은 안경을 쓴 채 세수를 하기도 했다.

군대에서 안경은 쓸 수도 벗을 수도 없는
맞선 본 여자와 처음 먹어 본 초밥 같았다.
사격할 땐 꼭 필요하지만
각개전투 돌격앞으로엔 깨 먹기 일쑤다.
예비용으로 늘 하나를 더 맞춰야 했다.

직장에서 안경은 권위의 상징이었다.
보일 듯 말 듯 푸른색 렌즈에 귀티 나는 금테
때로는 변색렌즈, 어떤 날은 선글라스
지적이고 앞서가는 까칠한 이미지를 연출했다.

노안이 되어 누진다초점렌즈를 하고
계단 오르내리기로 적응 연습을 하면서
비로소 올바르게 세상을 보는 일이

얼마나 어려운지 깨달았다.
내가 보고 느끼는 세상과
실제 사이에는 적잖은 허방이 떠 있음을.

# 우리는 언제 어른이 되나

우리는 언제 어른이 되나
스무 살이면 되는 것일까
선거권을 얻어 투표할 때일까
결혼해서 아이를 낳을 때인가

여든 넘어도 철없는 애가 있으니
송아지가 송아지 낳았다는 말도 있으니
철들자 망령이라는 입말을 생각하면 그도 아니리라

살림 잘하는 어머니
수챗구멍에서 음식물 찌꺼기 치울 때
얼굴 찡그리지 않으면 어른 된 거라고

든든한 언덕 같은 아버지
톡 쏘는 얄미운 말 안 하고
못된 놈도 잘하는 걸 찾아 칭찬하고
누가 물을 엎질렀는지 따지지 않고 얼른 걸레질할 때

그때 비로소 어른이 되는 거라고[12]

---

12) 훈련소를 거쳐 복무할 부대에 배치되었습니다. 상병 말년이나 된 선임이 내무
반 시멘트 바닥 청소하는 모습을 보았습니다. 대걸레로 물이 흥건하게 닦고 난 다
음 수건걸레를 꼭 짜서 바닥 물기를 닦아내니 방바닥처럼 깨끗했습니다. 군대에서
는 '미싱하우스'라고 하는데 나중에 군대에 남아 있는 식민지 잔재로 일본어 '미
즈나오시'(水直し:물청소)라는 걸 알았습니다. 저는 그 모습을 본 후 조금은 어른이
되었습니다.

# 겡기랍

니눔들이 언제 씨거운 겡기랍 한 병 사 온 적 있더냐고
약주 거나해서 소리치시던
아부지 목소리에 잠이 깬 날

창밖에 바람 드세다
때아닌 봄날 강풍 같던 아부지
오늘이 기일이구나

제사도 성묘도 낡은 유물로 치부하고
한식에 조상님들 뭉뚱그려 성묘하고
밥 한 끼 하고 헤어지는 형제들

창밖에 거센 바람
씨거운 겡기랍은 고사하고 평생 고생하시던 알레르기약
한 번
사드리지 못한 부끄러움
하얀 눈 내린 매화가지 흔들고 간다[13]

---

13) 겡기랍은 금계랍(金鷄蠟)의 방언으로 가정상비약이나 만병통치약처럼 여겨졌
던 옛날 약품입니다.

# 만성 변비

온 세계 경제가 동맥경화처럼
제대로 돌아가지 않는다고 하지만
핏줄이 막힌 것보담 장기가 막혀 소화가 안 되는 거다.

아침 뉴스를 보다 속이 갑갑해
습관처럼 신문지 펴들고 화장실에 앉았다.

물 건너 큰 나라가 기침하면 우리나라는 폐렴에 걸리고
　옆집 큰 나라가 반찬 투세로 우리나라 소화불량 걸린다
는데

폐렴도 좋고 소화불량도 좋지만
한바탕 폭풍우 몰아치듯
천둥번개 휘몰아치듯
자진모리 휘몰이 단모리로
속에 채인 것들을 쏟아냈으면 시원하겠다.

오늘도 그런 뉴스는 없다.

# 광고 천국

참 기가 막힌 세상이다
지붕에 물이 새서 얼룩덜룩 벽지가 젖어 들던 날
휴대전화를 열면
뿌리기만 해도 방수가 되는 방수액 광고가 연신 뜬다
칙칙 뿌리기만 하면 틈새가 말끔하게 메꿔지는 동영상이
북한의 드론 침공처럼 집요하다

온 동네 잡새란 잡새는 다 날아와
검정색 내 차 위에 흰 똥을 한 판때기 싸대던 날도
세차액 선전이 줄을 이었다
닭개로도 안 긁히고
세차장에 몇 번을 가서 문질러도 떨어지지 않는 새똥이
칙칙이 한방이면 말끔하게 닦인다고 끊임없이 유혹한다

아니 대체
누가 내 머릿속에 들어와서
저 인터넷 장사치들에게 정보를 전해준단 말인가
간첩들이 우리 집에 숨어 있나
움직이는 폐쇄회로를 내 머리 위에 띄워놓았나

환장하겠다

그놈의 큰엉아인지 빅브라더인지
어떻게 생겨 먹은 놈이
내 삶을 통째로 들여다보고 간섭한다
이제는 심심하다고 속으로 생각만 해도
이근방구 여기로 가길 18호에 가면
만고절색 마늘각시가 기다릴 거라고 광고가 뜬다
참 기막힌 세상이 아니라
무서워 생각도 멈춰야 하는 세상이다

# 멸종위기종 1급


요즘 시집은 똥종이로도 못 쓰고
계란판이나 냄비받침으로 쓰는지는 모르겠다
사랑받지 못하는 시를 또 써야 하는지
나무를 볼 때마다 부끄럽다

아이들 딱지를 접어도 좋고
똥종이로도 써도 좋았던 그 시절 시들은 행복했다
운 좋게도 가난한 집 도배지가 된 시들도 살맛이 났을 터
이다

바람벽에 도배지로 붙여서도 읽혔고
똥종이가 되어도 밑 닦기 전 펼쳐져 읽혔으며
딱지를 접으며 읽고 외우고
궐련을 감싼 담배종이가 되어서도
온몸이 타들어갈 때까지 읽히고 읽혔으니 행복한 죽음이
었다

똥종이 그보다 더한 수모를 겪어도
한 줄

읽히고 외우는

그런 시 한 줄은 이제 지구상에서 멸종했는가

멸종위기종 1급 읽히는 시에 대하여

서식지 보호 결정을 서둘러야겠다

# 카피킬러

내 눈으로 세상을 보게 하소서
타인의 시각으로 보는 세상은 나의 세계가 아님을 깨닫게
하소서
복제로 세상을 얻어도 그것은 나의 인생이 아님을
리플리의 삶일 뿐임을 깨달아 알게 하소서

주석과 참고문헌은
내 눈과 내 말과 내 생각을 돕는 도우미일 뿐
내가 그들이 아니고 그들이 내가 될 수 없으며
천사가 화려해도 그는 심부름꾼일 뿐
인생의 주인이 되지 못하는 우주의 섭리를 바로 보게 하
소서

카피킬러님께 비옵나니
내 논문이 킬러님의 눈만 속여서 살아남는 것이 아니라
이 연구가 그저 연구목록 속에서 이름만 유지(Yuji)하는
것이 아니라
진정으로 여러 연구자에게 인용되고
정책 집행자를 움직이는 편람이 되게 하소서

어보브 그레이트 카피킬러님께 비옵나니

내 문장이 비루하고

내 생각이 일천하다 할지라도

시대의 필요를 담고

새로운 시대를 열어갈 키워드를 찾아내고

내 혼이 하늘로 올라

포스트모던 세상에 메타레시의 바벨탑을 쌓는 무리들의
언어를 흩어놓고

비대칭의 세상을 무너뜨리고

자연의 활동(poiesis) 속에서

바람같이 불같이 순수증여를 증식시키는 영적인 힘(hau)
을 갖도록

10퍼센트 미만의 표절률을 허하소서[14]

---

14) 카피킬러는 표절감사를 말합니다. 어보브 그레이트 카피킬러는 폴 틸리히의
《존재의 용기》 '하나님 위의 하나님'에서, 메타레시, 비대칭의 세계, poiesis, hau는
나카자와 신이치의 《카이에 소바주》 1~5권에서 빌려 썼습니다.

# 유전자 지도

사장님이 고생 많다고 돌린 햄버거 세트
커피만 마시고 햄버거는 슬며시 가방에 넣었습니다
그 옛날 아버지가 신문지에 싸 오신 술빵처럼
아비는 안 먹어도 자식 생각에 배가 부른가 봐요

할머니는 사탕이 달아서 싫다고 하셨어요
그런데도 아버지는 할머니에게 늘 사탕을 사다 드리셨지요
치아가 없어도 사탕은 빨아서 드신다고요
늙을수록 단 음식이 더 당긴다고요
아비가 되기 전까진
노인 양반들은 단 음식을 싫어하는 줄 알았다니까요

알록달록 시제사 상석에 차려진 사탕들
봉송으로 손주 식탁에 꺼내놓는 손길은
분명 술빵 유전자 지도 때문이겠지요

우리 아이들은 배달의 민족이라
제가 가지고 온 식은 햄버거는 거들떠보지도 않을 거예요

그래도 술빵이나 시제사 봉송처럼 햄버거를 싸 들고 가는
이 습속은 유전자 지도 탓이 틀림없다니까요

# 까마중

감자도 아닌 것이 감자인양
감자밭에 자라고 있다.

뽑고 뽑아도 감자 흉내
숨기도 하고 속이기도 하는
저놈을 다 솎아낼 수가 없다.

이제는 저놈을 뽑으면 감자까지 딸려 나와
뽑을 수도 없다.

두고 보자.
감자 캘 때 이 새까만 중대가리를
수행도 아닌 수행 흉내만 내는
일천제(一闡提)의 마음[15]과 함께 뽑아서
푹푹 썩어지는 입파여탈(立破與奪)[16]의 퇴비장에 처넣으
리라.

---

15) 아무리 수행해도 깨달음을 얻지 못하는 사람 또는 중생의 제도를 위하여 열반
의 깨달음에 들지 않는 보살을 가리킵니다. 여기서는 앞의 뜻으로 썼습니다.
16) 빼앗으면서 주고 주면서 빼앗는 것을 말합니다.

# 예명 짓기

아빠가 엄마와 나에게
예명을 지어주셨다

글을 술술 잘 쓰라고
엄마에겐 김술이라고 지어주셨다
틀림없이 똥이나 술술 잘 싸라고
속으로 생각했을 거다

나에겐 늘잠이라고 하시며
나비잠 자는 내 모습이 앙증맞아서라는데
늦잠 자는 내가 미워서
놀리는 게 틀림없다

그래서 나도 아버지에게
삼동이라는 호를 지어드렸다
셋이 함께 행복하게 살자는 뜻이라고 하면서
속으로 하루 세 번 똥 싸는 분이라고 놀렸다

# 개미

타 타타 타타 타, 타 타타 타타 타

긴 장마 사이 여우볕에
들깨 밭고랑 풀 깎는다고
의국정병(蟻國精兵) 죽음으로 돌진해 온다

따끔 딱 따금, 쓰물 쑥 쓰물

예초기 안전모 속에서 땀방울 빗방울 되어 쏟아질 때
가렵고 따가워 미칠 것 같다
제아무리 용맹한 의국정병이지만
걸리버 손바닥은 어쩌지 못하리

탁 탁 탁 탁, 탁탁탁 탁 탁

나는야 그래도
제집이 부서져도 도망가기 바쁜 서국생원(鼠國生員)보다
나라가 망해도 제 잇속만 챙기겠다는 인국의원(人國議員)보다
보다

교과서 바른생활 편 주인공에 등극하였나니

나를 본받고 다들 개미(開眉)하라


찍 찍 찍찍, 찍찍찍 찍찍[17]

17) 의국정병은 개미, 서국생원은 쥐 또는 쥐 같은 정치인, 인국의원은 국회의원, 개
미(開眉)는 사전 상으로 안심하라는 말이지만 여기서는 눈을 열어 똑바로 보라는
뜻으로 사용했습니다.

# 홀딱 벗고

대체 어쩌자는 말이냐
라솔솔미 홀딱 벗고 고고태황 속옷 벗고
먼동도 트기 전부터 그리 울어대면
곤한 몸이 깨어서 무얼 하란 말이더냐

신새벽 잠 깨우는
검은등뻐꾸기
남의 집에 탁란한
제 새끼 안부가 걱정되어 우는 소리일까
아니면 고위험성 전염병 걱정되어
원격교육 동영상 촬영 중일까

아닌 새벽 요상한 새소리에 잠깨어
외설스런 야릇한 생각하다
문득

가식도 벗고
체면도 벗고
편견도 벗고

어설피 말고 훌떡 벗어던지고
무명(無明)에서 벗어나 거듭나자
한 깨달음 얻는다

# 굼벵이 호의

큰 애기 손바닥만 한 고구마
로얄 사이즈라고 이름 붙여
다 팔아버리고
못난이 고구마만 손질해 드시는 바깥주인 드시라고
굼벵이가 이쁜 고구마에 입자국을 내 놓았다

제 입자국만 도려내고
제대로 된 고구마 한 개
드셔보시라고
시집가서 철이 든 딸아이 닮은 굼벵이가
분명 그리했을 터이다

늙어가면서 심술만 늘어가는
천사의 허리띠 하나 얻어 찬 아내가
싫증 나 냉장고 구석에 처박아 둔 반찬통 꺼내서
시어터진 갓김치 다 먹어치우라고
성화대던 걸 들었나 보다

우리 고구마밭 굼벵이는

구르는 재주는 시원찮아도
따스한 국 한 대접 밥 한 사발이 아니고
씨거운 커피에 찔긴 빵 한 조각으로 새벽 밭일하는
불쌍한 시대의 늙은 인간수컷에 대한 배려가 남다르다

# 설거지 천국

어미가 힘들게 차려둔 밥상은 거들떠도 안 보고
라면 끓여 먹고 냄비와 김치 그릇 그대로 식탁에 둔 채
총총히 사라지는 중학생 딸내미

자정 넘어 유령처럼 주방으로 스며들어
참치 캔 따고 김치 넣고 찌개 끓여
밥솥째 찌개냄비에 퍼 넣고
냄비 들고 사라지는 대학생 큰아들

새벽에 일어나 수북한 개수대 설거지 그릇
압록강 건너 인해전술 중공군 무찌르듯
그렇게 전투적으로 설거지를 마치니

나무식탁에 밴 김칫국물
주방조리대는 찌든 기름때 덕지덕지
가스대 찌개국물은 넘쳐서 얼룩강아지
개수대 거름망엔 음식찌꺼기 하나 가득

설거지에 끝이 어디 있으랴

애먼 부부싸움 그칠 날 어디 있으랴

부모자식이란 포장지 속에 원망과 사랑 어찌 구분할 수 있으랴

남의 집 식탁엔 꽃병에 봄꽃도 가득하다던데

우리 집 주방은 그저 설거지거리만 가득할 뿐

# 허공에 수북한 거짓말

식구들 곤히 잠든 새벽
개수대 수북하게 쌓인 설거지
허공에 수북한 확신에 찬 거짓말
손에 물 묻히지 않게 해주겠다고
눈에 눈물 나게 하는 일 없을 거라는
개도 안 물어갈 그 거짓말

널 거짓말쟁이 만들지 않으려고
고무장갑을 낀다
수북한 접시와 공기와 대접과 수저와
기름 때 그득한 프라이팬과
난 전쟁을 한다
물리친다
소총과 전차와 전투기와 전함까지
모조리 물리치고 개수대를 청소한다

밥물 붓고 콩 한줌 얹어
밥솥에 눈물 날 때
난 이를 악물고 눈물을 참는다

그대의 헛맹세를 거짓으로 만들지 않으려고


찌개가 끓고 내 속이 끓을 때
냉커피 한잔 들이켜서
끓는 속 잠재우고
탕 그릇 식탁에 내려놓으며
내 마음도 '탕'하고 내려놓는다

제4부
땅콩조림

# 땅콩조림

땅속으로 숨었다
본래 가지 끝에 달려 햇살과 바람 맞으며
잘록한 허리를 일렁이며 춤추고 노래하며 살아야 하나
무서워 땅속으로 숨었다
나는 전생에 겁 많은 두더지였다
겁쟁이라 무시당할까 두려워
온갖 악행을 저지르며 살다
불성조차 없는 일천제라는 소리를 듣고
부끄러워 땅속으로 숨었다

내 순수한 사랑의 속살은
두려움과 수치를 가리려 속옷을 입고도
허세의 갑옷까지 두르고 살았다
콩으로 다시 태어났지만
전생의 두려움이 살아나
꽃을 피워 수정을 하고도
씨방자루를 길게 뻗어 땅을 헤집고 숨었다
땅속도 불안해 단단한 성처럼 외피를 만들고
속껍질을 두른 후에야 속살을 키웠다

천둥번개 요란하던 밤

징그러운 뿌리혹이 내게 양분을 만들어 주려고

그렇게 추한 모습이 되었다는 걸 알고

비루한 내 의식은 여지없이 깨지고

새 이름을 얻었다


낙화생(落花生)

삶과 죽음이 둘이 아니구나.

나는 오늘 아침 윤회의 사슬을 끊으려

생각의 겉껍질을 깼다

공포와 수치를 가리기 위한 속껍질도 벗어버렸다

내 순수한 사랑의 속살은 드디어

당신의 아침상 고소한 땅콩조림이 되었다[18]

---

18) 낙화생은 땅콩의 다른 이름입니다. 꽃가루받이가 끝나고 꽃이 지고 나면 특이
하게 생긴 씨방자루(peg)가 꽃의 아래쪽에서 땅 쪽으로 길게 나옵니다. 땅속으로
완전히 들어갈 때까지 땅콩자루는 계속 자라 땅속으로 꽤 깊게 들어가고 난 후에
야 꼬투리가 만들어지기 시작합니다.

# 사형집행 5분 전

건강검진 하는 날
아침을 금식하라는데
빨간 수번을 단 사형수가 무슨 건강검진이냐고
아침밥을 달라고 소리친다

그 말을 듣고 보니 나도 사형수다
이미 사형집행이 시작된 사형수다
교수형이 아니고 분할식 사약을 받았다
꼬박꼬박 밥을 먹으면 틀림없이 죽으니 말이다

사형집행 전 5분 같이 주어진 삶
나는 어찌 살아야 할까?
먼저 마무리할 일과 내려놓아야 할 일을 가리고
해야 할 일 가운데 할 수 있는 만큼만 하고 살면 좋겠다

그러고도 주어진 시간이 조금 남는다면
소중한 사람과 곧 죽음을 앞둔 것처럼 사랑하고
가대기 막노동판에라도 가서 몇 푼 손에 쥐면

아이들에게 피자라도 한 판 시켜주고 갔으면 좋겠다[19]

---

19) 도스토옙스키는 사형집행 전 5분의 시간이 주어졌을 때 2분은 동료 사형수들과 작별 인사를 나누는 데 사용하고, 2분은 지나간 삶을 되돌아보고, 마지막 1분은 자연의 아름다움과 땅에 감사하면서 작별 인사를 하는 데 사용하기로 합니다.

# 비문증

눈앞에 날파리 한 마리
손바닥을 딱하고 마주쳐 잡았다
손에는 아무것도 없다
비문증이다[20]

움직일 때마다 따라온다
바로 가면 바로 오고, 외로 가면 외로 오고
점이 되고 선이 되고 구름이 되어 따라다닌다
환(幻)이다

존재하지 않는 존재
생각하는 사람 없는 생각
아는 것도 아니고 알 수 없는 것도 아닌
비상비비상처천(非想非非想處天)[21]

---

20) 비문증(飛蚊症)은 눈앞에 먼지나 벌레 같은 뭔가가 떠다니는 것처럼 느끼는 증
상으로, 날파리증이라고도 합니다. 실제로는 있지 않지만 자신만이 볼 수 있는 일
종의 내시현상입니다.

21) 욕계. 색계. 무색계. 삼계(三界)는 해탈열반의 세계가 아닌 중생계(衆生界). 무색
계(無色界)는 ①공무변처천(空無邊處天) 무한 공간의 세계 ②식무변처천(識無邊處天)
무한 의식의 세계 ③무소유처천(無所有處天) 아무것도 없는 세계 ④비상비비상처천
(非想非非想處天) 지각하는 것도 아니고 지각하지 않는 것도 아닌 세계를 말합니다.

존재해도 존재하지 않는 소척(疏斥)

존재하지 않는 존재

세상 그대로 볼 수 없는

날파리다

# 어정쩡한 수행자

또 다른 세상 얼굴숲
얼벗 한 분
이승에서 마지막 식사를 한다고 하직 인사를 올렸다

무슨 말이든지
댓글을 달고 인사를 올려야 하겠는데
마땅한 인사말을 찾지 못해 고민하다
다음날 유족이 올린 부고에
삼가 조의를 표합니다
조문 댓글을 올리고 말았다

시인은 무슨 고양이뿔
사랑하고 존경하는 분 마지막 길에
작별 인사 한 마디 못하는 게 무슨 시인이냐
난 이승에서 밥 한 끼 걸러야겠다

말로는 죽음이 삶의 완성이라 떠들면서도
습관과 무의식은 여전히 두려운 것으로 여기는 어정쩡
한 수행자

한 줌 모래를 아무리 쥐어짜도 기름은 나지 아니하고
똑같은 강물에 똑같은 손을 두 번 씻지는 못한다니[22]

후회나 자책은 여기까지
서천의 꽃밭 무사히 당도하시라 기도 올리고
다시 수저를 들고 자판을 두드린다.

---

22) 티벳 속담입니다.

# 죽기 살기

쉬파리 두 마리 어쩌다
안방까지 들어와 붕붕거린다
지난해 쓰다가 장롱 위에 얹어둔 파리채
먼지 털어 집어든 순간
사위가 고요하다

책상 옆에 내려놓자
다시 붕붕붕붕
머리 위로 밥상 위로
아내의 어깨 위로 활개 친다

다시 파리채를 들어
공기를 가르고
탁

죽기 살기
걸어둔 옷 틈새로 머리를 처박는다
나는 살기를 띠고

너는 살기 위해
죽기 살기 하는구나

# 제 몸 별이 되어

아무리 생각해도
홍시 연시 침시 반건시 감말랭이 곶감 단감 떫은 감 땡감
열매만 떠올리는 철부지다

새싹도 기억하고
꽃도 바라봐 주고
단풍 들어 떨어지는 잎새에도 눈길 주고
그래야 철이 든거지

동백꽃 뚝뚝 떨어지던 마음 밑자락에
감꽃도 그리 별처럼 떨어진다
제 할 일 다 하고 미련 없이
제 몸을 떨구는 의암부인의 화신
유딧의 슬픈 자태

속상할 거 없다
나 고생하는 거 몰라준다고
세상 일 속상할 거 없다
그저 제 일 다 했으면 새벽바람에 툭

제 몸 별이 되어 풀밭에 떨구면 그만이다[23]

---

23) 유딧은 외경 속 인물로, 적장을 찾아가 처단한 이스라엘판 의암부인 주논개라
고 할 수 있습니다.

# 기대 수명

비닐장갑을 낀 아내가 침대로 다가온다
이불을 들추고 아랫도리를 벗기려나보다
그리고 체위 변경을 시도할 모양이다
사정없이 벌리라고 웃는 목소리로 말하지만
잔뜩 짜증이 났으리라

언제까지 살면 좋을까
자식도 크고 사회적 책무도 얼추 마쳤고
모임의 감투도 하나둘 벗어놓고
그럭저럭 집칸과 땅마지기 있으니 그것도 됐고

모처럼 휴일 늦잠을 자다
주먹밥을 침대로 날라 온 아내의 비닐장갑을 보고는
꿈에서 본 요양보호사가 관장을 하러 오는 줄 알고
흠칫 놀란 내 모습이 머쓱하다

여명 측정기는 백 세를 넘겨 산다고 진단하는데
대체 언제까지 살면 좋을까
비닐장갑 낀 아내를 보니

내 근육이 내 똥덩이를 밀어낼 수 있을 때까지
내 근육이 몸속의 가래를 뱉어낼 수 있을 때까지
맞아, 딱 그때까지만 살면 좋겠다

# 처서모기

처서모기는 입이 비뚤어진 게 아니다
얼어 죽으나 굶어 죽으나 맞아 죽으나 매한가지
죽기 살기로 달려드는 게 가장 합리적인 선택일 뿐이다

처서모기에 물려
나의 피가 아내의 몸속에도 전해진다니
전등 불빛도 꺼진 방안에서
춤추는 저 모기를 더는 원망하지 않으리라

평생 뭐 하나 제대로 해준 것도 없는데
아내와 내가 처서모기로 인해
피를 나눠 가진 사이로
여전히 살아가니
따가움과 가려움쯤은 능히 견뎌야 하리라

처서모기는 저리 최선을 다해 사는데
어영부영 육십갑자를 살아 온 인생이
처서모기 앞에 부끄럽다

처서모기는 입이 비뚤어져 가면서도
삶에 최선을 다하라고 온몸으로 열변을 토하는 중이다

# 마당질

타작마당 다지고 소제하는 날

가을이 오면
제일 먼저 농부는
마당질을 한다

삼독을 씻고
번뇌를 무찌르고
지혜를 얻으려면
생각을 치우치지 않게 하고
어디에 붙박이지 않게 놓아야 한다

햇살 고운 가을 아침 수행농자
팍팍한 마음밭 마당질하는 날

# 통새미로

오래된 골목
구제 옷가게 온새미로
예쁘게 들리긴 하는데
도대체 뭔 말일까

늘 식당 일에 바쁘기만 하던 엄니
사과나 참외를 통새미로 껍질만 벗겨
대접에 담아낸다

부잣집 친구 엄니
키위나 오렌지 껍질을 벗긴 다음
먹기 좋게 잘라서 원래 모양을 살려 접시에 담아낸다

퍼뜩
사과를 깎다
엄니의 통새미로는
온새미로의 앞선 말이란 깨달음이 찾아왔다

# 살피꽃밭

현관 양옆으로 바늘꽃을 심자
담장 따라 길다랗게 꽃범의꼬리를 심자
대문 나서면 고샅길 따라 색색이 봉숭아를 심자
동네 안길엔 종이꽃과 초롱꽃을 심자

예배당 길에는 샤론의 꽃 무궁화를 심어보자
병원 길에는 치유의 꽃 살구꽃을 심어보자
서당 길에는 지성의 꽃 원추리를 심어보자
요양원 길에는 감사의 꽃 패랭이를 심어보자

내 마음 가장 깊숙한 자리까지 별수국을 주욱 심자
내 생각 슬프지 않게 홑작약 겹작약 화사하게 줄지어 심자
내 사랑 식지 않게 핫립세이지 그대 창까지 이어지게 심어
보자
내 열정 끝내 불타오르도록 언덕길에 빨간 줄장미를 심어
두자

그대에게 가는 길엔 접시꽃과 사계찔레꽃을 심어야지
부모님 뵈러 가는 길엔 복사꽃을 심어야지

우리 식구들 오는 날엔 목화꽃 따스한 뜰에서 맞아야지

　주님 뵈러 가는 날엔 모둠꽃밭을 한 바퀴 돌아서 돌아서
가야지

# 홍매

고마나루 지나 청벽루 찾아가는 길
비단가람 가에서 부처님의 연인을 뵈었습니다

붉은 화관을 쓰시고
온통 긴 배자와 끝동까지 붉게 물들이시며
치맛말기부터 끝단까지도 저녁노을을 받고 계셨더랬습니다

그윽한 눈길로 노을 담은 잔물결을 바라보시며
염화를 보시고 미소 지으시던 님의 웃음을 따라
옅은 꽃 미소를 보내십니다

친견하는 제자의 마음도
온통 단심으로 물들어
세상 모든 피조물이 어울려 붉은 꽃 미소로
화답(花答)하며 살아가는 꿈을 꿉니다

# 서리꽃

된서리는 칡넝쿨을 죽인 게 아니라
산수유 붉은 꽃을 피운 게다

만두(饅頭)는 오랑캐의 머리(蠻頭)를 벤 게 아니라
인간애의 뜨거운 꽃을 피운 게다

상강 아침
산수유 붉은 속으로
익반죽 만두피에 싸서
서리꽃 뜨거운 김으로 쪄볼까

칡넝쿨 속 갇혀버린 내 인생
서리꽃(霜花) 내리면
밝은 세상 꽃불로 밝혀볼 수 있을까[24]

---

24) 만두는 찔 때 김이 오르는 모습 때문에 상화(서리꽃)로 불립니다. 한 장수가 남
쪽 오랑캐를 무찌르고 귀향할 때 많은 오랑캐의 머리를 바쳐야 파도가 잔잔해진다
고 하자 사람을 죽이지 않기 위해 오랑캐 머리 모양으로 만두를 빚어 대신 바쳤다
는 고사가 있습니다. 만두(蠻頭-오랑캐의 머리-)라는 말과 음이 같습니다.

# 완두콩전(傳)


달나라로 망명하신 항아님이
방아 찧던 옥총각과
사랑에 빠진 건
총각이 올린 완두콩자반 탓이다

춘향이 한양 낭군 못 잊어
쑥대머리 노래한 것도
보리개떡에 박힌 완두콩을 나눠 먹은 탓이다

지나간 사랑이
영원히 기억되는 건
짜장면 고명으로 올린 완두콩 탓이다

사랑한다는
참 거짓 구분 없는 아내의 고백은
내가 올리는 완두콩 밥상 덕분이다

# 망우초의 노래

각씨넘나물 수넘나물 어울려 춤을 추면
꽃으로 하루만 살며
한낮의 백합(day lily)이 되어도 좋으리
비록 아침에 피어 저녁에 지지만
내일은 또 다른 내가 피어서 지리라

햇살 마알간 이른 봄
입 안 가득 향긋하고
씹는 맛도 오독하고
뱃속도 든든한 훤초(萱草)라
햇살 뜨거운 한여름
내 꽃잎을 말려
그대의 부부금슬에 향기를 더하는 금침채라

허리춤에 나를 꽂기만 해도
그대의 아들도 낳아주는
나는 득남초라
뱃속 허기짐을 채워 주듯
그대 영혼의 허기짐도 채워 근심과 우울을 멎게 하는

145

나는 망우초라

나는 백합의 화려함만 못해도
산기슭에선 노오란 마니프라카 차크라
나는 그대의 힘찬 인생을 응원하는
훤초 원추
원추리라

# 김치 선호사

짠지에서 김치로 맛은 변한다
그건 입맛이 세월 따라 변한 탓이다


백김치나 배추김치의 흰살만 쫑쫑 썰어 먹던 나어린 시절
파말이를 초장에 찍어 먹을지언정
파김치는 젓가락 한 번 대지 않았다
고들빼기를 가끔 밥에 얹어 먹기는 했어도
총각김치는 빨아서 한입 크기로 볶아야 먹었다


배추밭과 내 머리칼에 무서리 내린 어느 날
배추김치 푸른 잎이 보쌈으로 접시에 담겼다
총각김치는 알타리가 푸른 잎을 단 채 길게 접시에 누웠다
파김치는 푹 삭은 채 굽은 접시에 또아리를 틀었다
고들빼기는 민들레와 나란히 사각접시에서 이중창을 하
고 있다
이중창은 내가 전공이라며
홍갓과 청갓이 시퍼렇게 종재기 위에서 눈 부라린다


김치 맛이 변해가는 건

세상이 타락해가는 징조일까
내 입맛이 변해가는 건
한발 반환점을 돌아가는 중일까

# 늦살이

서릿발 솟은 다락밭
돌을볕 한 줌에도 목숨 줄 걸고
청화 쑥부쟁이 꽃 한 송이 피워 올렸다

한자도 키우지 못한 가는 줄기
꽃 한 송이 피우려
눈자라기 모질음쓰느라 옆으로 누웠다[25]

된추위 오기 전 한 살이 마쳐야 하리
애닯은 바람결에 고운매로 춤추어 보자
겨울잠 자러 가기 전 벌나비 불러보자

늦었다고 포기는 없다
동살 한줄기도 놓치지 말고
한숨 쉴 틈도 아껴
모짝모짝 속씨를 맺어보자

_____

25) 눈자라기는 아직 허리를 펴고 꼿꼿이 앉지 못하는 어린아이를 말합니다.

# 밥보자기나물

팔순을 훌쩍 넘기신 어머니
육십 고개 넘어선 아들 끼니 걱정되어
대문 앞에 두고 가신 반찬 보자기
먹지도 않는 나물은 왜 고생스럽게 보냈냐며 괜한 투정

뿌리뱅이
홀아비이불
박조가리나물
바부재나물
밥주걱

보자기 속 가미(佳味)한 나물은
이름도 많은 미움받이 밥보자기나물

뿌연 솜털과 빨래도 못한 만다라 같은 잎
꾀죄죄한 이름 속에 맞갖은[26] 봄이 있었구나
미움과 투정까지 맛나게 버무린 따사로운 봄보자기였구나

---

26) '맞갖다'는 무엇이 마음이나 입맛에 꼭 알맞다는 뜻입니다.

# 구굴기

우르르 탈탈 두두두두
묵정밭 갈아 참깨를 심자
쟁기날 세우고 세섯덩이 부수어
보드라운 배합토를 만들자

자갈에 걸리고 풀에 감겨
쟁기날 멈추면
잠시 누이고 감긴 풀과 박힌 자갈을 떼 내자
우르르 탈탈 두두두두
굳은 땅과 커다란 돌덩이를 만나
뒤로 벌러덩 밀려날지라도
정신 가다듬고 밀고 나가자
우르르 탈탈 두두두두

억수장마 모진 가뭄 끄떡없게
이랑은 높이고 고랑은 깊게 하자
우르르 탈탈 두두두두
시원스레 갈아엎자
이 세상 뿌리 깊은 잡풀

괭이날 호미날 튕겨내는
단단히 박힌 자갈까지
모조리 갈아치우자
우르르 탈탈 두두두두
두두두두 두두두두

# 묵은지에 대한 묵상

세상의 모든 화려함을
깨끗하게 씻어버린 날

맵고 짜가운 내 성정도
모두 지워버린 날

소나기 세차게 내려
내 모든 더러움을 거둬가던 날

죽음은 또 다른 날
세상에 내놓았다

## 잡풀 시학의 흥미로운 진전
: 평교로 만나는 우주적 구성원들

정우영(시인)

1.

글을 쓸 때 중요한 것은 뜻밖에도 그가 서 있는 자리이다. 그 자리에 따라 그의 시선이 열리고 그 열린 시선으로 사물을 보고 느끼거나 만지게 되기 때문이다. 시에서도 이는 마찬가지다. 그의 시선이 어디에 놓이는가가 시의 몸과 맘을 결정한다. 이성이냐, 감성이냐, 관념이냐, 현실이냐 하는 시적 태도도 시선에 따라 갈린다. 머릴 먼저 보는 사람은 머리를 중점적으로 다룰 것이고 발을 주로 보는 이는 발을 중심에 놓고 쓰기 시작할 것이다.

나는 가급적 시를 쓰는 사람의 자리가 낮은 곳에 위치하길 바란다. 그래야 아주 하찮은 미물에서부터 저 광활한 우주까지 다 그의 시선에 잡아둘 수 있다. 이렇게 그의 시야에 포착된 시는 언어적 호흡과 사물과의 호흡 두 가지로 숨을 쉬게 된다. 언어적 호흡이 언어와의 호응을 문장으로 드러낸다면 사물과의 호흡은 대상과의 긴장을 감응으로 표현한다. 이중 어느 것 하나만 잘 선취해도 시는 곧잘 쓰여지나, 보다 나은 시는 이 둘의 조합을 한결 돈독하고 유려하게 그려낸다.

이런 점에서 나는 연규민이 '시인의 말'에 적은 발언을 주목한다. 그는 여기에, "내가 젤이라는 생각, 사람이 젤이라는 생각을 버리고 우주 속에 한 구성원이라는 생각이 제일 먼저 건져 올린 생각입니다. 그래서 작은 것들에 눈길을 줄 수 있게 되었습니다."라고 쓴다. 이로 보건대 연규민은, 나를 버리고 우주 속의 한 구성원으로서 살고자 하며 작은 것들에도 눈길을 주고자 하는 사람임을 알 수 있다.

이와 같이 생각하는 그이므로, 나는 그가 자기 자리를 세계의 맨 아래쪽에 두지 않을까 짐작한다. 그렇지 않다면 저와 같은 자기 생각들을 구현하기란 좀체 쉽지 않을 터인 까닭에. 실제 작품들을 둘러보면 그의 시선은 매번 작고 하찮은 것들에 가서 얹힌다. 거의 평교(平交)에 가깝다. 앉거나 눕지 않으면 잘 드러나지 않을 작은 꽃이나 잡풀들에게 그는 그의 마음을 내어준다. 하지만 그 마음은 연민이거나 동정이 아니다. 이 작고 하찮은 것들을 '우주 속의 한 구성원'으로 인정하며 존재감을 나눌 뿐 불쌍하게 여기지 않는 것이다.

나는 이 점에 안도하며 그가 이들 생명체를 동류자로 받아들이는 것에 대해 적잖은 의미를 부여하고자 한다. 일반적으로는 한갓 잡풀에 불과한 존재를 우주적 유기체로 인식한다는 것은, 그가 사물과의 호흡에 감응함을 드러내는 명백

한 징표 아닌가.


2.
너는 너의 길을 가라
나는 나의 길을 가리라

밭고랑 풀 뽑을 때마다
신경 쓰이는 너를 원망하고 미워하지만
따지고 보면
너는 그리 태어나 그렇게 살고
나는 농사짓고 살아가니
풀을 뽑을 뿐이다

세상 미운 짓만 하는 게 어디 있으랴
마디마다 뿌리를 내려 기어가며 번져가고
참깨 줄기 휘감고
땅위에 바짝 엎드려 예초기 칼날 피하고
그도 안 되면 예초기 날을 휘감아 멈춰버리는
미운 너이지만

퇴비로 너만 한 게 없고
쇠꼴로도 너만 한 게 없으며

땅마름을 막고 토사유출을 막는데도 너만 한 게 없으니
세상 미움도 사랑도 한 가지에서 나오느니
너는 바랭이의 삶을 살고
나는 사람의 인생을 살아가면 그만인 것을

-〈너는 너의 길을 가고〉 전문

농사짓는 사람들에게 잡풀은 버거운 대상이다. 풀 매고
돌아서면 다시 자라는 게 잡풀이라고 할 만큼 생명력도 질
기다. 그 중에서도 강력한 풀 중 하나가 바랭이일 것이다. "마
디마다 뿌리를 내려 기어가며 번져가고/ 참깨 줄기 휘감고/
땅 위에 바짝 엎드려 예초기 칼날 피하고/ 그도 안 되면 예
초기 날을 휘감아 멈춰버리"게 만든다. 사람의 공격을 요리
조리 피하며 끈질기게 맞서는 풀이 바랭이이니 농사짓는 입
장에서는 얼마나 밉고 지겹겠는가. 그는 바랭이를 제거하
기 위해 갖은 노력을 기울였을 것이다. 바랭이는 그에게 반
드시 물리쳐야 할 악귀처럼 비쳤을지도 모를 일이다. 바랭이
와의 싸움이 이처럼 수태 반복되던 어느 날, 그는 깨닫는다.
"퇴비로 너만 한 게 없고/ 쇠꼴로도 너만 한 게 없으며/ 땅
마름을 막고 토사유출을 막는데도 너만 한 게 없"음을. "세
상 미움도 사랑도 한 가지에서 나"온다는 것을. 그리하여 그
는 마침내 바랭이라는 존재를 자유롭게 받아들이며 싸움이
아니라 공존을 선택한다. "너는 바랭이의 삶을 살고/ 나는
사람의 인생을 살아가면 그만" 아닌가 하고.

연규민의 '나는 우주 속의 한 구성원'이라는 생각은 이렇게 체득된 것이다. 그저 관념을 되씹어가며 책상에서 이루어 낸 게 아니다. 잡풀과의 교감과 조응에서 건져 올린 이와 같은 사유를, 나는 연규민이 이끌어낸 잡풀의 재발견이라고 본다. 그가 이 시의 맨 처음을, "너는 너의 길을 가라/ 나는 나의 길을 가"겠다고 시작하는 것은 그런 점에서 뜻깊다. 이는 곧 잡풀을 우주의 존재자로 인정하고 그들과의 모색과 공존을 실천하겠다는 선언에 다름 아니다. 이로써 그는 나 아닌 것, 우리가 흔히 말하는 타자에 대한 인식이 활짝 열리게 되며 잡풀 서사의 흥미로운 진전을 이어나가게 된다.

> 밭고랑 도씨삼형제를 뽑으며
> 내 마음의 삼독형제도 함께 뽑으며 중얼거린다
> 세상 미운 게 도둑놈이라지만
> 너희를 보고 지퍼도 만들고 찍찍이도 만들고
> 마음수행도 하니
> 가만 보면 너희들도 이쁜 구석이 있긴 있구나
>
> ―〈도씨삼형제〉 부분

이 시에서 말하는 도씨삼형제는, '도꼬마리, 도깨비바늘, 도둑놈의갈고리'를 일컫는다. "땅콩만한 게 손등에 달라붙어/ 움직일 때마다 따끔거리게 하는" 도꼬마리나, "어느 틈에 옷소매며/ 바짓단에 달라붙어 떨어지지도 않는" 도깨비

바늘, "예쁘장해서 멋모르고 만지면/ 온통 잔가시를 묻혀놓는" 도둑놈의갈고리는 사람에게는 정말 아무짝에도 쓸모없는 잡풀이다. 그가 '도씨삼형제'라고 부르는 이 식물체들은 인간을 그저 종자 퍼뜨리는 도구로만 사용할 뿐 별다른 이득을 주지 않는다. 그러나 그는 이미 우주적 공존의 대상자로 잡풀을 인식한 자가 아닌가. 도씨삼형제에 대한 생각도 아연 달라지게 된다. "세상 미운 게 도둑놈이라지만/ 너희를 보고 지퍼도 만들고 찍찍이도 만들고/ 마음수행도 하니" 이쁜 구석도 있구나 하고 자각하는 것이다. 그의 확장된 인식이 미추와 혐오를 넘어서기도 함을 확인하는 작품이 아닐까 싶다.

너무 괄시하고 미워하지 마세요
이래 봬도 하늘의 선물을 가지고 온 칙사랍니다
어르신들에게
가볍고 튼튼한 지팡이가 되어
청려장이라고 불렸던 걸 생각해 보시어요
백발을 늘어뜨리고 흰 도포자락 휘날리며
이 산에서 저 산으로 구름 타고 다니시는
도를 달통한 신선의 주장자가 저라는 걸 생각해 보시어요
저는 하늘의 맛을
세상에 알려주는 귀한 나물로도
찾아왔다는 걸 알아주시어요

고기와 생선을 부드럽고 깔끔하게 조리한 듯
입속에서 녹아나는 그 맛은
천국의 기쁨을 미리 맛보는 거랍니다
바다 건너 사람들은 제 잎 모양을 보고
거위발(goosefoot)이라 앙증맞게 부른다니까요
저를 잡초라 멸시하고 미워하시면
일할 때마다 금방 지치고 힘들어져요
하늘의 선물 전하는 천사로 맞이해 봐요
일하는 기쁨이 배가 된답니다
그러니 저를 그리 박대하지 마시어요

-〈는쟁이〉 전문

잡풀과의 교감이 한껏 고양된 작품이 바로 〈는쟁이〉이다.
이에 이르러서 그는 이제 아예 잡풀로서 사람에게 발언한다.
사물을 대상화하지 않고 사물되기를 감행하는 것이다. 내가
너를 가장 잘 알 수 있는 방법은 네가 되어 보는 것이다. 그
런 점에서 이 시는 사물 자체의 시선으로 전이(轉移)된 연규
민 사유의 발로라고 할 수 있다.

'는쟁이'는 우리가 흔히 명아주라고 부르는 풀이다. 어린
잎은 나물로도 먹지만, 다 자란 풀은 '청려장'이라고 하는 지
팡이로도 쓸 만큼 억세다. 바랭이와 더불어 대표적으로 끈질
긴 생명력의 소유자다. 그는 이 는쟁이가 되어 사람에게 청유
한다. "너무 괄시하고 미워하지" 마시라고. 나야말로 "하늘의

선물을 가지고 온 칙사"아니냐고. 그렇다. 알고 보면 는쟁이
는, 어르신들 지팡이나 신선의 주장자가 되어 사람들 지탱하
며 도우니 칙사 아니고 무엇이랴. 그뿐인가. 어린잎은 "하늘
의 맛을/ 세상에 알려주는 귀한 나물"로서 사람들에게 "천
국의 기쁨을 미리 맛보"게 해준다. 이런 존재이니 "잡초라 멸
시하고 미워하"지 말고 "하늘의 선물 전하는 천사로 맞이해"
달라고 점잖게 권한다. "일하는 기쁨도 배가" 될 거라고 자신
하면서.

　이쯤에 이르면 잡풀이 그저 더불어 함께 공존하는 존재라
고만은 볼 수 없다. 이 진술에서는 동지적 연대와 유대감까
지 배어나오지 않는가.


　키가 작아 개비름, 털이 뽀얘 털비름, 빨간 줄기에 다소곳
하니 참비름, 그 어찌 무찌르기만 할 잡초랴. 데치고 무치면
그 사람 좋아하는 비름나물.

　(중략)

　그래도 비름나물은 그리움이다 손맛이다.


　때로는 사랑이다 살맛이다.

-〈비름나물〉 부분


　어디 동지적 연대와 유대감뿐이랴. 이 시 〈비름나물〉에서
는 '손맛'을 넘어 그리움을 끌어들이더니 급기야 "때로는 사

161

랑"에까지 가 닿는다. 나와 잡풀은 이제 떼려야 뗄 수가 없는 관계에 접어들었다. 내 삶의 이유이기도 할 '살맛'의 동반자가 된 것이다. 잡풀관이 이렇게 바뀌면서 사물에 대한 그의 시야도 한결 넓어진다. 잡풀에 대한 애정이 깊어지면서 사물과 만나는 교감의 정도도 더 깊고 넓게 확장된 것이다. '나'를 둘러싼 우주의 구성원들을 더 두텁게 포용하게 되었다고할까. 그리하여 그의 시선은 마침내 삶의 이웃들로 옮겨가게된다.


3.

잡풀을 통해 열린 그의 시안(詩眼)에서 타자들은 더 이상경계 대상이 아니다. 그는 충분히 품어 안을 자세가 되어 있다. 아래 시에서도 곤줄박이가 그에게 부탁하는 모양새를 취하는 것 같지만, 원 천만에, 알고 보면 곤줄박이는 자기 집처럼 당당하다. 곤줄박이인 자기도 우주의 한 구성원이니 그럴자격이 있다는 듯이. 그는 이를 또한 당연하다는 듯 받아들이고.


딱딱딱 딱딱딱
그 댁 우편함에 세 들어 살려는데
월세는 얼마예요

딱딱딱 딱딱딱
우리 곤줄박이 식구가 시끄러워 월세를 못 주신다고요
수다쟁이 직박구리네는 잘도 주시면서
너무하신 거 아니에요

딱딱딱 딱다닥따 딱딱딱 딱다닥따
달포만 살고 나갈 거예요
알 나서 보름 새끼 쳐서 스무하루면 충분해요
그동안은 열매 안 먹고 벌레 잡아먹으니까
시끄럽게 안 할게요
평생 해로 배달하는 걸로
월세는 대신할게요
-〈월세는 얼마예요〉 부분

의성어 "딱딱딱 딱딱딱"으로 시작되는 이 시는 우선 경쾌
하다. 구질구질하게 펼쳐나가지 않겠다는 시인의 의지가 첫
줄에서부터 드러나는 셈이다. 물론 경쾌함이 이 시에서만 유
독 두드러지는 특징은 아니다. 대체로 연규민의 시는 경쾌하
며 감상(感傷)의 그늘에 젖지 않는다. 그중에서도 이 시는 한
결 더 경쾌한데 심지어는 발랄하기까지 하다. 화자인 곤줄박
이의 성격이 왜 이렇게 발랄하게 설정되었을까. 그가 이미 곤
줄박이와 그의 생태를 고맙게 맞아들이기로 작정했기 때문
이다. 아마도 그는 그저 우편함만 제공하는 데 머물지 않았

을 것이다. 곤줄박이 식구가 포란하고 기르고 이소할 때까지 갖은 도움을 제공하지 않았을까. 이러한 배려의 마음이 곤줄박이에게 전해졌으므로 시 속의 곤줄박이는 이토록이나 자신만만하게 월세가 얼마냐고 물을 수 있는 것이다. 속으로는, '불쌍한 인간 세입자들아, 내 태도를 좀 본받아라!' 하고 지저귀었는지도 모르겠다. 그도 그럴 만한 것이 곤줄박이는 그에게 월세 대신 "평생 해로"를 "배달하"겠다는 것 아닌가. 상호 공존과 상호 부조의 아름다운 우애가 이 시에는 따스한 리듬감으로 담겨 있다.

위의 시에서 보이듯, 대상을 이해하고 받아들이는 빈도가 높고 강할수록 시인의 시야도 넓어지고 깊어진다. 이 확장이 중요한 것은 이로 인해 나의 성찰 또한 새로운 가능성이 열리기 때문이다. 무언가를 혼자서 깨우치기는 무척 어렵지만, 오랫동안 어떤 대상과 함께하다 보면 희한하게도 거기에 자신이 비친다. 타자가 나의 거울이 되는 것이다.


눈앞에 날파리 한 마리
손바닥을 딱하고 마주쳐 잡았다
손에는 아무것도 없다
비문증이다

움직일 때마다 따라 온다
바로 가면 바로 오고, 외로 가면 외로 오고

점이 되고 선이 되고 구름이 되어 따라다닌다
환(幻)이다


존재하지 않는 존재
생각하는 사람 없는 생각
아는 것도 아니고 알 수 없는 것도 아닌
비상비비상처천(非想非非想處天)


존재해도 존재하지 않는 소척(疏斥)
존재하지 않는 존재
세상 그대로 볼 수 없는
날파리다

-〈비문증〉 전문


  비문증은 괴롭지만, 타자와 나의 교감과 각성을 비유하기
에는 적절한 병증이다. 비문(飛蚊)은 내 눈의 유리체에 문제
가 생겨 실제로는 존재하지 않는 사물이 내 눈앞에 비치는
것이다. 날파리가 날거나 먼지가 떠다니는 게 눈에 느껴져서
비문증이라 불리는데, 실체 없는 허상을 말하고자 할 때 흔
히 동원되곤 한다.
  이 시에서도 이는 다르지 않다. "눈앞에 날파리 한 마리"
가 날아다녀서 "손바닥을 딱하고 마주쳐 잡았"으나 "손에는
아무것도 없다." 이것이 비문증임을 알게 되면 허망한 노릇

을 멈추게 되지만, 나이 드신 분들에게는 그렇지 않다. 이 요망한 것들의 실체를 도무지 파악할 수 없다. 이것들은 "움직일 때마다 따라 온다/ 바로 가면 바로 오고, 외로 가면 외로 오고/ 점이 되고 선이 되고 구름이 되어" 좇아다니는 것이다. 얼마나 귀찮고 성가실까. 그런 점에서 비문증은 실체 없는 것들의 반란이라고 할 수도 있을 것이다. 그의 표현대로 하면 "환(幻)이다." 그에 따르면, 이 환은 "존재하지 않는 존재"이며 "세상 그대로 볼 수 없는/ 날파리"들이다. 대체로 시 작품에서는 이러한 환들이 구체성 없는 관념들로 나타난다. 현실감 없는 계몽이나 교훈조의 진술들이 그것이다. 저 수많은 관념들이 생활을 해쳐 썩게 만들 듯 시에서의 이 같은 진술들도 마찬가지다. 시를 망가뜨린다. 관념은 환이라 생각하고 그 허상을 좇지 말아야 한다.

이렇게 정리하고 시 〈비문증〉을 다시 읽는데 좀처럼 확 다가들지 않는다. 분명 성찰하는 계기를 잡은 것 같았음에도 왜 그럴까. 연규민이 시를 풀어가는 방식에서 관념을 관념으로 이어받고 있기 때문이다. 그는 시를 써나갈 때 "비상비비상처천(非想非非想處天)"과 같은 어법을 구사하곤 하는데, 이는 권장할 만한 방향이 아니다. 각주를 통해 뜻을 알려준다고는 해도, 이와 같은 관념어구들은 기본적으로 시의 정서적 흐름을 방해하기 마련이다. 관념은 구체적 사물이나 그 이미지로 표현될 때라야 비로소 제 면목을 드러낸다.

이런 면에서 나는 〈묵은지에 대한 묵상〉이 단연 눈에 띄는

166

작품이라고 본다. 이 시는 상당히 짧지만 우주적 풍모를 담고
있다. 삶의 시이면서 동시에 죽음을 읽는 시이기도 하다.

세상의 모든 화려함을
깨끗하게 씻어버린 날

맵고 짜가운 내 성정도
모두 지워버린 날

소나기 세차게 내려
내 모든 더러움을 거둬가던 날

죽음은 또 다른 날
세상에 내놓았다

-〈묵은지에 대한 묵상〉 전문

이 시에는 군더더기가 없다. 마치 묵은 김치를 씻어 새롭
게 '묵은지'라는 먹거리를 탄생시킨 것처럼. 관념도 숨기고
성찰도 숨기고 단지 묵은지가 되어가는 과정을 담았을 뿐
이다. 맥락은 단순하고 어떤 비전도 제시하지 않는다. 묵상
이라는 말의 함의를 기억하라는 듯이. 그래서 천천히, 묵상
하면서 시를 다시 복기하게 된다. "세상의 모든 화려함"이나
"맵고 짜가운 내 성정", "내 모든 더러움"까지 저 소나기에 다

썼고 지우고 거둬가게 하자. 맞아, 그래야 재생이지. 그런데 덜컥 걸리는 게 있다. '죽음'이다. 왜 그는 이 되살림을 '죽음'이라고 명명했을까. 그는 '묵은지'를 김치라고 여기지 않기 때문이다. 김치의 후신인 것 같지만, 묵은지는 김치가 아니다. 물(소나기)이라는 정화과정을 거치면서 김치는 소멸했고 전혀 다른 물성의 묵은지가 세상에 나온 것이다. 죽음이 묵은지를 새로운 생명으로 내놓았다고 할까. 이게 자연의 이치다. 죽어야 산다. 묵은지가 되어 가는 과정을 보면서 그는 이를 깨달은 것이다. 그의 인식은 이처럼 잡풀에서 타자로, 내게로, 또다른 물상으로 확산되면서 깊어진다. 이 시는 이런 점에서 볼 때, 이 글 서두에서 적은 시적 사물과의 호흡이 조화롭게 이루어진 경우라고 할 수 있다.

연규민이 〈멸종위기종 1급〉이라는 작품에서 지적했듯이 요즘 시집은 "똥종이로도 못 쓰고/ 계란판이나 냄비받침으로 쓰는지는 모르겠다." 그러나 〈묵은지 묵상〉 같은 시를 써내는 시적 인식이 그 바탕을 이루는 한, 나는 그가 "사랑받지 못하는 시를 또 써야 하는지" 나무에게 부끄러워하지 않아도 된다고 믿는다. 시를 앓는 것은 '나 자신'이나 시를 적어가도록 이끄는 것은 타자와의 감응이다. 그런 점에서 보면 연규민은 이미 시적 자산이 차고도 넘친다. 보다 정련된 시적 언어들과의 호흡을 통해 기왕 열린 우주적 구성원들과의 행보가 더욱 활발해지길 기대한다.

자식을 키우는 일과 농사짓는 일은 같다고 합니다. 자식 목에 음식 넘어가는 소리와 마른 논에 물 들어가는 소리가 제일 듣기 좋은 소리라고 하는 걸 보면 맞는 말인 것 같습니다. 농작물이 주인 발자국 소리를 듣고 자란다고 하는데 자식이나 세상 어린이나 청소년도 부모와 사회의 관심으로 자라게 되지요.

저는 농사를 수행이라 여깁니다. 식물과 동물과 이야기를 나누며 깨달음을 얻고, 그걸 또 가끔 시로 쓰기도 합니다. 식물이나 동물과 이야기 나누는 것의 만분의 일만 글로 옮겨도 좋겠습니다. 글로 옮기는 것은 참 적기도 하고, 제대로 옮겨지지도 않습니다. 무엇보다 글로 적기도 전에 그 느낌이 다 사라져버립니다.

그래도 여기저기 메모를 할 수 있으면 해 두었다가 글로 써 보려고 했습니다. 때론 키워드를 보고도 도무지 왜 그 단어를 적었는지 떠오르지 않을 때도 많습니다. 서운하지만 이

만큼 남겨 둘 수 있는 것도 큰 다행입니다.

　내가 젤이라는 생각, 사람이 젤이라는 생각을 버리고 우주 속에 한 구성원이라는 생각이 제일 먼저 건져 올린 생각입니다. 그래서 작은 것들에 눈길을 줄 수 있게 되었습니다. 주름잎을 보며 그 작은 꽃의 아름다움을 노래할 수 있었지요. 작게 자라서 다른 풀이나 작물에게 해를 끼치지 않고 땅을 비옥하게 하고 마르지 않게 하는 그 덕성을 보고 삶의 자세를 배우게 되었지요.

　고난을 견디는 풀꽃의 강인함을 보고 힘든 시절을 잘 이겨낼 수 있었습니다. 인동은 말 그대로 겨울을 견뎌낸 꽃이고, 꽃무릇은 겨울에도 푸릇한 기상을 잃지 않습니다. 민들레나 냉이처럼 로제트 식물은 겨울 동안 잎을 넓게 펴고 땅에 바짝 붙어서 찬바람을 피하며, 햇볕을 최대한 많이 받고, 지열을 이용해 추운 겨울을 견뎌냅니다. 지혜와 강단과 사랑이 고난을 이기게 한다는 사실을 배우며 그걸 써 보려고 했습니다.

　사는 게 팍팍할 때 웃음이 필요하고, 해학과 풍자가 필요하고, 미래에 대한 기대가 필요하지요. 업경대가 그렇습니다. 죽어서 염라대왕 앞에 서면 업경대라는 거울에 지나온 전 생애가 다 비친다고 하지요. 지금은 AI시대입니다. 스캐너가

사진만 스캔하는 게 아니라 인체도 스캔해서 염증 부위나 이상 부위를 표시해 주지요. 분명 기억도 스캔해서 다 보여 줄 거예요. 무의식까지 읽어낸다면 끔찍할지도 몰라요. 이런 내용은 소설로만 표현하는 게 아니라 시로도 얼마든지 쓸 수 있지요.

농사를 지으면 죽음에 대해 많은 생각을 합니다. 성경 말씀처럼 한 알의 씨앗이 떨어져 죽어야 많은 생명이 태어나지요. 죽음은 삶의 완성이라는 생각, 죽은듯하지만 때가 되면 다시 살아난다는 생각, 죽음을 직시하는 것은 삶을 오히려 의미 있고 풍요롭게 한다는 사실, 삶과 죽음은 둘이 아니라는 사실을 깨닫고 이런 글을 많이 남겨야겠다는 생각을 합니다. 땅콩이 그렇지요. 땅콩의 다른 이름은 낙화생(落花生)입니다. 꽃이 떨어져 새로운 생명이 된다는 말이지요.

문화는 보편적인 특성도 가지지만 개인마다 집단마다 지역마다 독창성도 지니게 되지요. 특히 언어는 더욱 그러합니다. 다양성을 존중한다는 것은 그러한 가치가 인간 삶을 더욱 풍요롭게 만들기 때문입니다. 점차 잊혀가는 우리말을 살려 써 보려고 의도적인 노력을 했습니다. 자연스럽게 옛말을 구사하던 시대는 이미 지나갔습니다. 이제는 억지로라도 노력하고 찾아내고 연습하고 써 봐야 하는 시대입니다. 그렇게라도 살려내야 할 소중한 자산이기 때문입니다.

처음으로 펴내는 제 이름의 시집이라 떨리고 조심스럽지만 제 생각을 열어 보인다는 기쁨 또한 지울 수가 없습니다. 표현이 서툴고 모자라서 부끄럽기도 하나 학교 밖 세상에 첫발을 내딛는 젊은이처럼 일단 시작(詩作, 始作, 試作)해 봅니다. 부디 해량하소서.

2023년 9월
연규민